徐复观全集

论文学

徐复观全集

九州出版社

图书在版编目（CIP）数据

论文学 / 徐复观著. -- 北京：九州出版社，
2013.12（2017.6重印）
　（徐复观全集）
　ISBN 978-7-5108-2547-7

　Ⅰ. ①论… Ⅱ. ①徐… Ⅲ. ①中国文学－文学研究－
文集 Ⅳ. ①I206-53

中国版本图书馆CIP数据核字(2013)第304324号

论文学

作　　者　徐复观　著
出版发行　九州出版社
地　　址　北京市西城区阜外大街甲 35 号（100037）
发行电话　(010)68992190/3/5/6
网　　址　www.jiuzhoupress.com
电子信箱　jiuzhou@jiuzhoupress.com
印　　刷　三河市东方印刷有限公司
开　　本　650 毫米×950 毫米　16 开
插页印张　0.5
印　　张　15.25
字　　数　176 千字
版　　次　2014 年 4 月第 1 版
印　　次　2017 年 6 月第 2 次印刷
书　　号　ISBN 978-7-5108-2547-7
定　　价　39.00 元

徐复观先生

徐复观先生（右）

出版前言

徐复观先生的著作散见于海内外多家出版社，选录文章、编辑体例不尽相同。现将他的著作重新编辑校订整理，名为《徐复观全集》出版。

《全集》共二十六册，书目如下：

一至十二册为徐复观先生译著、专著，过去已出版单行本，《全集》基本按原定稿成书时间顺序排列如下：

一、《中国人之思维方法》与《诗的原理》

二、《学术与政治之间》

三、《中国思想史论集》

四、《中国人性论史·先秦篇》

五、《中国艺术精神》与《石涛之一研究》

六、《中国文学论集》

七、《两汉思想史》（一）

八、《两汉思想史》（二）

九、《两汉思想史》（三）

十、《中国文学论集续篇》

十一、《中国经学史的基础》与《周官成立之时代及其思想性格》

十二、《中国思想史论集续篇》。编辑《全集》时，编者补入若干文章，并将原单行本《公孙龙子讲疏》一书收入其中。

十三至二十五册，将徐复观先生散篇文章分类拟题编辑成书：

十三、《儒家思想与现代社会》

十四、《论智识分子》

（二十一至二十三册是按《学术与政治之间》的题意，将作者关于中外时政的文论汇编成册，拟名为《学术与政治之间续篇》。）

徐复观先生的著作，以前有各种编辑版本，其中原编者加入的注释，在《全集》中依然保留的，以"原编者注"标明；编辑《全集》时，编者另外加入注释的，以"编者注"标明。

为更完整体现徐复观先生的思想脉络，编者将个别文章，在不同分类的卷中，酌情少量选取重复收入。

《全集》的编辑由徐复观先生哲嗣、台湾东海大学徐武军教授，台湾大学王晓波教授，武汉大学郭齐勇教授，台湾东海大学薛顺雄教授协力完成。

九州出版社

二〇一三年十二月

编者前言

徐复观教授，始名秉常，字佛观，于一九〇三年元月卅一日出生于湖北省浠水县徐家坳凤形塆。八岁从父执中公启蒙，续在武昌高等师范及国学馆接受中国传统经典训练。一九二八年赴日，大量接触社会主义思潮，后入日本士官学校，因九一八事件返国。授身军职，参与娘子关战役及武汉保卫战。一九四三年任军令部派驻延安联络参谋，与共产党高层多次直接接触。返重庆后，参与决策内层，同时拜入熊十力先生门下。在熊先生的开导下，重启对中国传统文化的信心，并从自身的实际经验中，体会出结合中国儒家思想及民主政治以救中国的理念。年近五十而志不遂，一九五一年转而致力于教育，择菁去芜地阐扬中国文化，并秉持理念评论时事。一九七〇年后迁居香港，诲人笔耕不辍。徐教授于一九八二年四月一日辞世。他是新儒学的大家之一，亦是台、港最具社会影响力的政论家，是二十世纪中国智识分子的典范。

我们参与《徐复观全集》的选编工作，是以诚敬的态度，完整地呈现徐复观教授对中华民族的热爱和执著，对理念的坚持，以及独特的人生轨迹。

九州出版社出版《徐复观全集》，使得徐复观教授累积的智慧，能完整地呈现给世人，我们相信徐复观教授是会感到非常欣慰的。

王晓波　郭齐勇
薛顺雄　徐武军　谨志

目 录

按语：《论陈含光的诗与文艺奖金》^①

编者按语：

　　我不是诗人，和陈含光先生无一面之缘；同时平生对于无法过问的东西，只要是对国家社会的关系不太大，便从来不为这些东西去白费脑筋，所以在我的脑筋里面根本没有学术奖金这类的问题。但因读到马先生这篇大文，对于李辰冬先生清算陈含光先生一事，却想说几句话。

　　我想说话的动机，并不自今日始。在两三年以前，《自由人》上有位先生对王静安先生之死，大加攻击，因而牵涉到对王静安氏学术上的评价，当时我看后心里非常难过。我想，对于一个人所作的人格上的批评，应当有一个最基本的尺度，即是某人作某种行为的目的，是否为了自己个人的利益。假定是为了个人的利益，则在任何好名词掩护之下，这种行为对于他的人格决无所增加；假定不是为了个人的利益，则纵使他的行为是愚蠢错误，只要不因此而损及他人的直接利益，则这种行为对他的人格并无所减损。一个人宁愿牺牲一己的生命，来贯彻他的所信，来填补他自己感情上的矛盾，和人生上的空虚；而这种牺牲，只作为自己

----

① 马抱甫著。

一个人的事，决无意拖累到社会；则这种死，纵然从时代上去作客观的衡量，而认其一无价值，甚至是一种错误，但就死者个人的立场看，他的灵魂是可由此而得到干净，得到超升的。我们纵可以从社会的立场，从时代的观点，对于这种死不加以鼓励，但总可与以同情的谅解；这即是中国俗语的"除死除走"的道理。更如何能牵涉到这个人在学问上的成就？因此，我看到拿王静安先生这种悲凉而干净的死，来作为射击王氏学术成就的箭镞，真觉得这种人是别有肺肠；若这种人居然以文艺作者自居，即他在文艺上的成就不难想见。

说到李辰冬先生拿"遗老自居"、"怀恋故国"、"反抗革命"、"仇视民国"这些政治口号来清算陈含光先生，除其中夹杂有二万元的奖金问题外，和某人之以政治观点来攻击王静安，在问题的本质上，并无二致。下面我就李先生的说法，稍述我的若干感想。

第一，一个诗人的感情，常常是因物起兴，情随境迁的。诗人所要表现的只是因某物而所兴起的当下感情；此种感情，并非与诗人的行为有一定的因果关系。因此，作文学批评的人，只应当批评他所抓住的当下感情，表现得够不够诗之所以为诗的水准，而不必由此当下感情的流露表现，便去推测他的行为，衡断他的人格。行为应当由行为本身去论定，人格应当由他整个的人生去论定。譬如说"人面不知何处去，桃花依旧笑春风"，读者只能由此诗而领略作者当时因桃花所引起的一副惆怅感情；假定有人因此而推断作者过去曾经在此处调戏良家妇女，有伤风化，硬要把作者送到警察署里面去，那岂不是大笑话？以陈含光先生的家世，遇着与他家世有关的对境，假定他无感物兴怀的题咏，那他才是块然无情之人，或者是深怀世故，别有用心之人，怎么还会成为一个感情深厚纯朴的诗人呢？从行为上说，陈先生没有做满清的官，没有以遗老的身份去沾润一点余惠；八年陷敌，闭户坚守，没有与伪满通过丝毫声气；李先生从他感物兴怀的片断诗句中，罗织他是遗老，再由遗老而向下去推，这和抓住"桃花"、"人面"的作者硬说他是调戏良家妇女，有伤风化，有什么分别？

　　第二，诗人之所以成为诗人，是因为他经常保持一颗纯洁的心，经常用一颗纯洁的心来观照世界，常常感到世界的缺憾，因而发出补救缺憾的呼声。中国在二千年专制政治压迫之下，虽然此种呼声表现得过于曲折，过于微弱，但仅仅是歌功颂德之流决不能成为诗人，这大约也可得到一般人的共许。民国成立以来，可悲可痛的事象，不可以一二数；对许多可悲可痛的事象，若竟无一二诗人，由感发而形之篇什，这可以说是我们民族的情感已经枯竭了。至于对现实有所讽刺，并非即等于要推翻现实，并非即是要造反。《诗》变风、变雅中，很露骨的讽刺现实，甚至于是咒骂现实的诗，不在少数；孔子删《诗》，都要把这一类的录而存之，使人便于讽诵，这种精神上的奖励，未必轻于物质上的奖励。由此，可知李先生对陈先生所罗织的"反抗民国"等罪名，是没有丝毫的根据；这种用心和手法，是不够光明正大，有伤李先生自己的人格的。况且论学术，本不应和现实政治纠结在一起。假定学术审议会诸公，意识到陈含光先生在诗中对民国，甚至是对现政府有不少的批评，而依然根据学术的成就，把奖金送给陈先生，这适足以证明现政府诸公的伟大，而李先生的挑拨，更近于无聊了。

　　第三，就文艺的本身说，我平时没有读过陈先生的诗，此次因马君之文，因而找到陈先生《论诗绝句》二十首急读一过，深感即此《论诗绝句》，已经够得上得奖金而无愧。因为严格地说，中国一直到现在，还没有建立起自己的"诗论"。而陈先生在《论诗绝句》中，对诗的本质，了解得深切，表达得明白，为前人所未有，可以此为奠立中国诗论的基础。我试引下面一段话以资证明：

> 哀乐是情，是非分别是意。情与意常相生而绝非一物。诗家之要，即用情不用意耳。人以哀乐不得已而有啼笑，亦以哀乐不得已而后有诗。质言之，即诗者所以表啼笑也。太史公改"诗言志"为"诗言意"，又言"诗以达意"，此实颇误后人，因此遂谓作诗首贵立意。夫立意者，文之事也，诗则一涉意，即不佳矣。

情与意之别，乃千古卓识。又自序中谓"来台后倡诗人合一之论"，此与法人 Buffon（1707—1788）"文章即是人的本身"（Le style l'homme meme）的名言，不谋而合，此非得诗文三昧者决不能道出。李先生治中国文学史，只简单用"仕"和"隐"的两个外缘条件来区别我国二千多年的文学，还未达到走进文学自身里面去以区别文学的阶段，所以不能了解陈先生在诗论方面的造诣，而只想到两万元身上去，以致多此一段纠葛，实在是非常可惜的。

四月十九日编者于灯下

一九五七年五月一日《民主评论》第八卷第九期

按语：《从小、大雅看上古时代的言论自由》^①

按：中国文化，因二千年专制政治之压迫而变形，而萎缩，文学自非例外。阮籍之《咏怀》诗，今日吾辈读来，只能接触其一副悲凉激越的感情，至各首内容，则多半近于猜哑谜，这只是在政治压迫下，不得已而出此，并非诗之本身作法，非如此不可也。后人误解温柔敦厚之旨，以猜哑谜式之表现方法为诗法之正宗，直至现在，犹奉为圭臬而不知改，此与女人开始被男人压迫缠足，后来反以缠足为爱美之天性，有何分别？所以今日之诗，恐非新旧的问题，而是如何将由专制政治所变形之表现方法，一洗旧染之污，使所谓诗人者敢面对现实，以适合于自己之气质者发抒其感情的问题。《三百篇》不仅为我国诗歌之源，且为我国诗歌之正宗。盖此为未变形以前之本来面目也。就《三百篇》之体制，以指出猜哑谜式之表现技巧，本非我国诗之本色，今日应在自由精神鼓荡之下，重新加以熔铸改建，顾以忙迫未能执笔。刘君此文，指述《三百篇》中许多诗人之批判精神及表现方法，明白畅达，可为欲了解诗歌本源者之一助，与余意有相合者，可谓好学深思之士也矣。

徐复观谨志　五八年三月二十日于东大

一九五八年五月一日《民主评论》第九卷第九期

---

① 刘秋潮著。

与梁嘉彬先生商讨唐施肩吾的一首诗的解释

　　梁嘉彬先生，是研究中国东南岛屿的专家；因为《隋书·东夷传》"流求国"条的流求，有人说这是今日的台湾；有人则说这即是今日的琉球，而梁先生正是后一主张中的健将，曾为此发表了不少字数的文章。我对这一问题，平日既不曾留心，且很信服梁先生文史分途、学文学的人不会懂史学的主张，对于"专家"间的争论，是不敢赞一词的。但关于梁先生在论证中对唐施肩吾一首诗的解释，因关系到治学的态度和方法，所以想提出来略作商讨，希望梁先生指教。

　　梁先生在《论〈隋书〉流求与琉球、台湾、菲律宾诸岛之发见》（以后简称"原文"，见《学术季刊》六卷三期）大文的注释十中说：

　　　　清《台湾县志》及《澎湖厅志·艺文》内，又曾收唐施肩吾《题彭湖屿》一诗，诗云："腥臊海边多鬼市，岛夷居处无乡里，黑皮年少学采珠，手把生犀照咸水。"连雅堂又据以入之于《台湾通史》中，且谓施肩吾挈家来澎湖列岛。后之作者更有据连氏此说而更加渲染，谓施氏曾率族来台。笔者核查施肩吾此诗，原题名"岛夷行"，系见收于《全唐诗》第八函第二册中，其最早则系收在施肩吾之《西山集》内，列于《西山静中吟》一诗之次，不知何故被《澎湖厅志》改题为"题澎湖屿"也。……笔者自张瑞京表叔处借读该《西山集》，自首至尾，多咏儿女私情，及平康女色，淫靡纤巧，固可睹其绝无雄心为海外扶余；而澎湖各岛，平坦无甚奇景，素有多风岛之称，亦当非施肩吾所愿卜居终隐之仙灵窟宅。……再查清《嘉庆一统志·南昌府古迹》云，施肩吾石室，在新建县西。……是肩吾终隐鄱阳湖（彭湖）侧之西山，信而有征。或者其诗原有小注"题彭湖屿"字样，遂又被后人误为题台湾之澎湖。才子作诗，但求神韵之佳妙；在其心目中，"海边"与"湖边"无别，"咸水"与"浊水"无殊（原注：以声韵故），因"彭蠡"一名，出于《禹贡》，而《禹贡》有"岛夷"之语，肩吾遂称彭蠡之民为岛夷。即唐柳宗元亦称广西柳江为"海"，称湖南永州之民为"夷"矣（原注：肩吾各诗有以长江称海之例……）。至于"鬼市"一词，今人每有误解作"海市蜃楼"者，实则未合古人观念，尤不合仙家观念，谓"海市"为"神市"尚可，谓为"鬼市"则绝无。而"腥臊海边"，更不能形容海市蜃楼。笔者谨按，鬼市一词，为唐人惯用，为黑市，秘密贸易之义。……唐代澎湖群岛，人市尚且无之，安得有鬼市！若有人，则肩吾不致怪其居处无乡里；若无人，则岂尚有生犀？独不知修台湾及澎湖志者，何所据而收此诗入《艺文》也。嗟乎！有学者常为无学者所欺，岂不信欤？

（原文十三至十四页）

按梁先生的目的，是要证明宋以前中国人没有人到过澎湖，施肩吾是中唐时人，自然也不应当到过澎湖，因而不应有《题澎湖屿》的诗。梁先生既已查出《题彭湖屿》的诗，在《西山集》中原为《岛夷行》；又在《西山集》中找不到施肩吾有迁澎湖屿的痕迹，则将《岛夷行》改为《题澎湖屿》，乃出于后人的附会，梁先生的目的是达到了。梁先生若要进一步为己说求根据，则应考证此一附会之所由来，以揭穿附会者的底蕴。但梁先生却由《西山集》中多儿女私情的诗，以见其"绝无雄心为海外扶余"，来作施肩吾不曾到澎湖的立说根据，这是从一个人的行为动机上找根据。殊不知中国人对于海中岛屿感到兴趣，并不是来自想为海外扶余的雄心，而是来自求仙求药的幻想。《全唐诗》中所录施氏的诗，固然有一部分是儿女私情的诗，这是唐时一般文人的习气，但更多的是求仙学道的诗；《全唐文》中录了他九篇文章，内有六篇也是同性质的。假使行为的动机，有助于此一问题的解决，则施氏去澎湖的可能性，无宁大于不去的可能性。这恐怕是此一附会之所由来，假定是附会的话。梁先生避开求仙的显著事实不说，而另设一与本题无关的行为动机来为己说求反证，这是自掘陷阱。不过动机不一定成为事实。我认为施肩吾有海外求仙的动机（见后），但在他的诗文中没有积极的到过澎湖的证据，则梁先生以施氏不曾到过澎湖之说，仍可成立。可是梁先生却又无端假定"或者其诗原有小注'题彭湖屿'字样"，因而断定施氏所题的鄱阳湖，而"被后人误为题台湾之澎湖也"。这便更有问题了。梁先生为了证明施氏所题的是鄱阳湖，首先说此诗是"列于《西山静中吟》一诗之次"。西山在南昌，在鄱阳湖侧，此诗既是紧接《西山静中吟》而作，即可暗示施氏此时正在西山，他所题的彭湖屿自然是鄱阳湖。但事实上从《全唐诗》所录的施氏的诗来看，立可发见他的《西山集》并非严格按年月编定的；最简单的证明是把《忆四明山泉》的诗，编在游四明诸诗之前；照道理讲，必先有"游"而后有"忆"的。并且列在《西山静中吟》之次的诗是《天柱山赠峨嵋田道士》，又其次是《夜岩谣》，又其次才是《岛夷行》；由此可见梁先生查书并不细心，而"列于《西山静中吟》一诗之次"的话，完全失掉了作用。

再就诗的题目讲，彭蠡泽、鄱阳湖都是耳熟能详的名称；若施氏所题的是鄱阳湖，何以又称为"岛夷行"呢？梁先生的解释是"因彭蠡一名，出于《禹贡》，而《禹贡》有岛夷之语，肩吾遂称彭蠡之民为岛夷"。并以柳宗元"称湖南永州之民为夷矣"作旁证。不错，柳宗元在《道州毁鼻亭神记》中，曾说"明罚行于鬼神，恺悌达于蛮夷"的话；但这是因为当时的道州、永州，仍是华夷杂处；所以柳宗元在《代韦永州谢上表》里面说："俗参百越，左衽（夷）居椎髻（人民）之半。"因此他有时以"夷"称之，乃实有所指。鄱阳远较永、道开化为早。未闻当时有夷居于湖中，情实不符，何可以彼例此。至于《禹贡》中称岛夷者有两处，一是冀州的"岛夷皮服"，这当然与鄱阳湖无关。二是扬州的"岛夷卉服"，固然与彭蠡同在一州之内，但若施肩吾是读《禹贡》而又是能通文理的，同样的，也难将岛夷和彭蠡扯在一起，以致他不用现成的彭蠡或鄱阳而用上岛夷；因为两者在文字的脉络上距离得太远了。兹将《禹贡》此条原文抄录在下面：

淮海惟扬州，"彭蠡既猪"，阳鸟攸居。三江既入，震泽砥定。筱荡既敷。厥草惟夭，厥木惟乔，厥土惟涂泥，厥田惟下下，厥赋下上错。厥贡惟金三品。瑶琨筱簜，齿革羽毛惟木。"岛夷卉服"。厥篚织贝。厥包橘柚锡贡。沿于江海，达于淮泗。

就原文的文理来看，如何能把"岛夷"扯到彭蠡上去？所以孔《传》只能把此处的岛夷解作"南海岛夷"；而郑《注》、王《注》，则以"岛一作鸟"，《汉志》正作"鸟夷"，是更与彭蠡无涉。把鄱阳湖的居民无端称之为岛夷，施氏未免太荒谬得不近人情了。

至于把鄱阳称为"彭湖屿"，我觉得也值得研究。鄱阳湖的名称是隋代成立的。在以前，称为彭蠡泽；由彭蠡泽而又简称为"彭泽"。此后随时代，随地域、方位，而有种种名称；但是除了《水经注》有一处称为"彭湖"以外，所有史乘地志，皆不见有称彭蠡为"彭湖"之文；因此，我怀疑《水经注》这一仅有的"彭湖"之称，恐系行文时偶然的省笔或误笔（或系传写之误），编《辞海》的人，或因此而致误；不然，一个固有名词，仅一见而不再见，似乎是不可能的。《水经注》称"彭泽"者五："《山海经》曰，赣水出聂都山，东北流注于江，入彭泽西也"（影印《永乐大典》本《水经注》十五卷十七页）；"又北过彭泽县"（同上，十九页）；"庐江水出三天子鄣，北过彭泽县西北入于江"（同上）；"王彪之《庐山赋》叙曰，庐山，彭泽之山也"（同上）；"彭泽西是庐江之名"（同上）。称"彭蠡"或"彭蠡泽"者四："刘歆云，湖汉等九水入彭蠡，故言九江矣"（同上，十八页）；"其水下入江南岭，即彭蠡泽，三天子鄣也"（同上，二十页）；"其水总纳十川，同凑一渎，俱注于彭蠡也"（同上，十九页）；"临彭蠡之泽，接平敞之原"（同上）。称"彭湖"者一："山下又有神庙，号曰宫亭庙。故彭湖亦有宫亭之称焉"。由此，可知梁先生谓"鄱阳湖又适原名彭湖"的说法，除此处之认证外（《辞海》之本身不足为证）再无他证，已有问题。而将鄱阳湖称为"彭湖峤"，则在文献上更无证据。所以仅就诗的题目来说，不仅"岛夷行"与鄱阳湖无干，即使在《岛夷行》下注有"题彭湖峤"四字，也很难与鄱阳有涉。何况"题彭湖峤"四字，是出于想象呢？

　　梁先生既把施氏《岛夷行》的诗，说成是咏鄱阳湖的诗，于是，把明明白白说的是海的，硬认定说的是湖。梁先生的解释是"海边与湖边无别，咸水与浊水无殊（原注：以声韵故）"。又引"唐柳宗元亦称广西柳江为海"，及"肩吾各诗有以长江称海之例"作旁证。我无法同意梁先生这种解释。第一，柳宗元在柳州的诗中有用到"海"字的，但我不曾发现指的是柳江。假使梁先生有此发现，恐怕是在字句的解释上发生了问题。至施肩吾《及第后过扬子江》的诗，连"海"字都没有一个。第二，诗人常凭想象力而将事物加以比拟、夸饰；但这要顺着实物有关的性质去展开的。如果把江的故事用到海上面去，把形容海的特性的藻饰用到江上面去，这便是不及格的诗；所以比拟、夸饰，有一种自然的限制、范围。何况"海边"、"咸水"都是指实的用语，而不是比拟夸饰的用语；在指实的用语上，任何诗人，不能指鹿为马。第三，施氏这首诗是拗体诗。假定他所咏的真是鄱阳湖，则径直把"湖边"说成"湖边"而不说成"海边"，把"浊水"说成"浊水"而不说成"咸水"，与声韵有何影响？如果为了声韵而至于睁着眼睛说瞎话，硬把"湖边"说成"海边"，把"浊水"说成"咸水"，这还配作诗吗？第四，唐人用"鬼市"一词，无不与海有关。鄱阳湖边，亘古及今，找得出一点鬼市的痕迹吗？第五，施氏与鄱阳居民，可以称为同乡共里，怎么会称他们为"岛夷居处无乡里"？况且梁先生自己说"若有人，则肩吾不致怪其无乡里"，假定把梁先生对此句诗的解释应用到鄱阳湖，岂不把鄱阳湖说成了无人之地，连岛夷也称不上？这句诗分明是指海中的流浪者而说的。第六，"黑皮少年学采珠"，有何理由可以称鄱阳湖的少年为黑皮？有何证据在鄱阳湖曾有采珠的事。对文献上文字的解释，是考据求真的起码工作。梁先生这样的文字解释，可能引起人对梁先生考据的误会的。读梁先生的文章，总令人感到他的想象力过于丰富。例如原文中引赵汝适《诸蕃志》中"流求国"条有"土人以所产……豹脯往售于三屿（梁先生注：案在今菲律宾）"的话，大概因为现今之琉球，并无熊、豹等物，于是赵氏所说的流求，有说成今日台湾的危险，所以梁先生便说："其熊、豹等物，当是琉球人自寒带地方输来而贩售于热带地方（原注：三屿）。"（原文三页）在帆船时代，远越海洋去输入熊、豹，作成干肉（脯）后，再越海去贩卖，古今中外，恐怕很难找出这种商业买卖。又如梁先生以台湾不能称为"东洋"来证明在隋代台湾不能"列于东夷"的证明（原文六页）。试问"东洋"与"东夷"，有何不可分的关系，而可以作二者"有则同有，无则同情"的证据？孟子已经说过舜是"东夷之人也"的话，这与"东洋"一词有关系吗？东夷在《隋书》上只不过泛指当时所能知道的海外东方之夷。里面有没有台湾，与后来台湾称不称东洋，在常识上是不能发生关连的。这不过就梁先生的大著随便举一二例子。

其实，施肩吾的诗，若没有确证证明他曾到过今日的澎湖（这是要进一步去追求此一传说的来源才能解决的），则解释为他在浙江的海边，看到远来贸易的岛夷情形而作的，倒是非常自然而合理的事。因为从《三国志·孙权传》"亶州在海外……其上人民时有至会稽货市"的纪录来看，则唐时有海外岛夷（我以为"岛夷"一词在当时只不过是泛指海外之人，有如今日称"洋人"），到浙江宁波一带来贸易，这是很寻常的事。在施肩吾的诗中，有《同诸隐者夜登四明山》、《越溪怀古》、《宿四明山》诸诗，可见他因为求仙的动机而到过今日浙江的宁波一带的。并且他还有《海边远望》的诗，发求仙的幻想。这首诗说"扶桑枝边红皎皎，天鸡一声四溟晓，偶看仙女上青天，鸾鹤无多采云少"。所以我说他有向海外求仙的动机者以此。他既因求仙而分明流连过宁波一带的海岸，则他看到越海贸易的岛夷而作一首《岛夷行》（行乃歌行之行），所以他通首所说的，都是海边所看到的情景，还有什么理由值得怀疑而需要扯到鄱阳湖去呢？

梁先生所以要把可以不参加"琉球论"或"台湾论"论争的一首诗，作这种惊人的解释，恐怕主要是因为《海防考》中有隋陈棱经略彭湖的记载；这与《隋书·东夷传》"流求国"条及《陈棱传》曾征伐流求一事，无形中实互为呼应；若陈棱曾经略过彭湖（澎湖），则《东夷传》中之流求国为今日之台湾，遂得一确证证实，对梁先生的论点是很不利的。但梁先生的工作，不集中指向《海防考》本身之可靠不可靠，却硬把《海防考》里所说的彭湖，说即是江西的鄱阳湖；把"海防"的"海"硬改成湖防的"湖"，难说著《海防考》的人，也认为海与湖无别吗？梁先生原文注释十：

连雅堂的《台湾通史》……曾引《海防考》之说，谓隋虎贲中郎将陈棱，曾于文帝开皇三年经略彭湖三十六岛……

其事全不见于《隋书》，考之《陈棱传》及《流求传》则无稽……又考之于隋朝历史，文帝恭俭爱民，而于开皇九年始平陈；岂有于未统一中国之时，即遣将经略澎湖之理。……笔者按，隋文帝、炀帝两代，鄱阳贼屡起，而鄱阳又适原名彭湖（原注：彭泽，北人称湖为泽，南人称泽为湖，可参《辞海》），陈棱是庐江人，与鄱阳邻近。奉命平鄱阳湖贼，是或有可能者。《隋书·炀帝本纪》及《棱传》有此迹象也。鄱阳湖滨为牧牛羊之地，湖内岛屿甚多。清龚柴《江西考略》及齐召南《入江巨川编》，皆云彭泽湖汇章贡诸水，巨浸弥漫；湖中有凡山、黑山、甲山、茗荛山、马几山、屏风山、沙洲、鞋山等岛屿，复有大烈山、康郎山之峙立。是《海防考》或误以江西之彭湖为台湾之彭湖（原注：澎湖群岛原名彭湖岛），未定。据《海防考》谓陈棱经略彭湖"其屿屹立巨浸中，环岛三十有六，如排衙，地宜牧牛羊，散食山谷间，各劖耳为记"，皆似江西之彭湖（原注：鄱阳湖），而绝异于台湾之彭湖（原注：澎湖）也。

梁先生在这一段里说"未定"、"皆似"，皆自己留有余地，这都是很好的态度。但是他在这一段中的论证方法，似乎还是大有问题。兹略述如下：

一、《台湾通史》引《海防考》只说是"隋开皇中尝遣虎贲陈棱……"查开皇共二十年，"开皇中"的"中"字，可以包括从元年到二十年。而梁先生却将"开皇中"改为"开皇三年"，于是来一段"文帝恭俭爱民，而于开皇九年始平陈；岂有于未统一中国之时（按即指开皇三年），即遣将经略澎湖之理"的考证。这是一种无中生有的考证。我看到有的先生多用此种考证方法，但以梁先生的学养，不应有此。若《海防考》原书系开皇三年，而连氏误引，亦应当特别注明。因梁先生这段话，主要对连氏而发。

二、梁先生说《海防考》的话，"考之《陈棱传》及《流求传》则无稽"，并且引清朱景英《海东札记》"考《隋书》陈棱琉球之役，在大业中，而《棱传》亦无经略澎湖三十六岛之词"为证；但是仅凭年代的合不合，不足以断事件之真伪；《史记》有一事而年代前后歧异之例甚多。若《隋书》所说的流求，正如台湾论者所说的即系今日的台湾，则澎湖正为用兵台湾之中间站，而《海防考》陈棱经营澎湖之说，正可谓"考之《陈棱传》及《流求传》而'有'稽"了。所以梁先生不能以《陈棱传》、《流求传》来否定《海防考》，而只能由《海防考》成书之年代及其内容之互证方面想办法。

三、在《隋文帝本纪》中，找不出鄱阳贼屡起的痕迹，不知梁先生何所据而云然？至《炀帝纪》中，有大业"十二年十二月癸未，鄱阳贼操天成举兵反……自号元兴王，建元始兴，攻陷豫章郡。……壬辰鄱阳人林士弘自称皇帝，国号楚，建元太平，攻陷九江庐陵郡"的记载。查彭蠡湖至隋改称鄱阳湖，"以鄱阳山而名"（清《嘉庆一统志》"饶州府"条下）。而秦汉置有鄱阳县，三国置有鄱阳郡，隋因而未改，则《炀纪》之所谓"鄱阳贼"、"鄱阳人"，在常情上只能解释为"鄱阳郡（或县）"的贼、的人；而不能解释为"鄱阳湖"的贼、的人；因为鄱阳湖不是一个政治地理单位；假定指的是鄱阳湖里的贼、的人，则"湖"字不能省掉。史书上凡是仅称"鄱阳"的，都是指的郡或县，并且他们起事以后，一向豫章郡，一向九江庐陵郡，毫无以鄱阳湖为根据的痕迹；陈棱要平贼，也只能指向豫章郡和九江庐陵郡，何能指向鄱阳湖呢？何况这年"九月丁酉，东海人杜伏威、扬州沈觅敌等作乱，众至数万，右御卫陈棱击破之"（《炀纪》下），是陈棱的军队，此时正在东方，与鄱阳相隔千余里。且如下所述，炀帝恰于是年七月幸江都，陈棱的军队，即以江都为中心，未曾远离。所以决无向鄱阳平贼之理。

又大业十三年"鄱阳人董景珍以郡反"（《炀纪》下）。此条与上两条比较，是说明前两股是反向旁的地方去了，而此股则是就以鄱阳郡为根据地来造反。另一点是说明以"郡"反，而不是以"湖"反，所以不能把与此有关的军事行动扯到鄱阳湖（梁先生所谓江西的彭湖）里去。同时，《陈棱传》于陈棱率兵至江都，袭破杨玄感之子让后，接着说："后帝幸江都宫（按系大业十二年七月），俄而李子通据海陵，左才相掠淮北，杜伏威屯六合，众各数万。帝遣棱率宿卫兵击之，往往克捷。……复渡清江击宣城贼。"据此，是江都当日为群贼所包围，而陈棱则是以江都为中心，率炀帝宿卫之军，内线作战，以图打开被包围的形势，不能远离；所以炀帝被弑后，宇文化及召他守江都，并为炀帝发丧。鄱阳乱事，皆在炀帝幸江都之后，亦即陈棱不能离江都远去之时。而梁先生不从文献上找一点具体证据，仅以"陈棱是庐江人，与鄱阳邻近"的理由，遽然断定陈棱"奉命平鄱阳'湖'贼（按此'湖'字是梁先生自己凭空硬造出来的）。是或有可能者。《隋书·炀帝本纪》及《棱传》有此迹象也"。查隋庐江郡治今之合肥，打开地图一看，没有人能说它是与"鄱阳邻近"；且陈棱是庐江人，并不能因此断定他一直是在庐江做事；等于梁先生是广东人，不能因此便断定梁先生一直是在广东教书一样的道理。

因此我觉得在《炀纪》、《棱传》中，找不出陈棱曾经奉命平鄱阳湖贼的迹象。

四、梁先生把《海防考》所说的彭湖情形，来与鄱阳湖相比，并引证鄱阳湖里的山名，来印证《海防考》的"环岛三十有六"，认为"是《海防考》或误以江西之彭湖为台湾之彭湖"。但"三十六"是个实际数目字；清光绪《台湾通志》引魏源《圣武记》："台湾地倍于琉球，其山脉发于福州之鼓山，自闽安赴大洋，为澎湖'三十六'岛。"又引《厦门志》："澎湖岛屿，大小相间，有名号者'三十六岛'。"由此可知三十六岛总是与澎湖连在一起。梁先生所举出的鄱阳湖的岛屿，是无法顶用"环岛三十有六"的。而且《海防考》中说彭湖居民"推年大者为长"，这是说明他们尚没归入到中国政治系统以内，所以没有官吏的设置。鄱阳湖分属于沿湖郡县（清《嘉庆一统志》则分属于饶州、南昌、南康、九江四府），其中居民甚少，从未闻有因在化外而自成部落之事。

五、《海防考》所叙述陈棱经略澎湖的情形，与《炀纪》、《棱传》叙述陈棱讨贼的情形，两相比较，便可知《海防考》上所说的没有一点讨贼的痕迹，所以怎样也附会不出《海防考》所说的，是陈棱奉命平鄱阳湖贼的事。

《炀纪》下："九月（大业十二年）丁酉，东海人杜伏威、扬州沈觅敌等作乱……右御卫将军陈棱'击破'之。""三月（十三年）戊午，庐江人张子路举兵反，遣右御卫将军陈棱'讨平'之。"

《陈棱传》："杨玄感之作乱也，棱率众万余人'击平'黎阳；'斩'玄感所署刺史元务本。……帝遣棱率宿卫兵'击'之，往往'克捷'……"

《海防考》："隋开皇中，尝遣虎贲陈棱略彭湖地。其屿屹立巨浸中，环岛三十有六，如排衙。居民以苫茅为庐舍，推年大者为长，畋渔为业（按梁先生将此二句略去，大约因对他的立说不利之故）。地宜牧，牛羊散食山谷间，各劓耳为记。棱至'抚'之，未久而去（按梁先生也略去此二句，理由大概与上相同）。"试将《海防考》之"抚"字，与前面的"击"、"讨"等字比载，则《海防考》所说，如何能解释为"平鄱阳湖贼"的事？

我绝不参加《隋书·东夷传》"流求国"条的琉球论、台湾论之争，因为我对此无兴趣。但梁先生是受有求真的科学方法训练的人，而我只是一个主张读书应细心，字句要弄清楚，居心要诚实，立说要有证据，推论要合逻辑的人，没有科学方法的训练，所以特提出一二点来向梁先生请教。我希望梁先生在指教的时候，采用针锋相对的方法，即使我怀疑了梁先生一些什么，梁先生便一点一点地提出证据来反驳；而不要绕圈子，说题外的话，则我一定可以得到很多益处。我再引梁先生在原文注释十收尾的两句话，来作本文的结束，以表示对梁先生的敬意："嗟乎！有学者常为无学者所欺，岂不信欤？"

一九五九年八月十六日《民主评论》第十卷第十六期

与梁嘉彬先生的再商榷

一　我为什么要"班门弄斧"

唐施肩吾有首《岛夷行》的诗是"腥臊海边多鬼市，岛夷居处无乡里。黑皮年少学采珠，手把生犀照咸水"。梁嘉彬先生在《论〈隋书〉流求与琉球、台湾、菲律宾诸岛之发见》大文的注释十中认为这首诗所指的是江西省鄱阳湖的岛屿。我觉得梁先生论证的方法颇有问题，所以便写了一篇《与梁嘉彬先生商讨唐施肩吾的一首诗的解释》的文章（《民主评论》十卷十六期）。并根据施氏的诗文，知道他因求仙的幻想而曾徘徊于宁波一带的四明山，并望着海发过幻想，因而推定这是"他在浙江海边，看到远来贸易的岛夷情形而作的"。昨天由梁容若先生转交来《台湾风物》第九卷五、六期，因为内有梁嘉彬先生《就唐施肩吾诗的解释与治学态度并方法答徐复观先生》的大文，我当下读了，觉得梁先生的文章写得很好，他的讨论精神很可佩服；并且在他长约一万四千余字的文章中，指出了我原文中错落了几个字，不管这几个字是出于手民的疏忽，或出于我自己的疏忽，不管这错落的几个字，与讨论的问题无关；但我认为这对我是非常有益的。另外，我的原文中，曾把《水经注》对彭蠡泽的称呼，加以统计，而发现其中仅有一处称之为"彭湖";而其他的史乘、地志,没有称彭蠡为"彭湖"的,于是"怀疑《水经注》这一仅有的彭湖之称,恐系行文时偶然的省笔或误笔,或系传写之误"。后来的人或多系承此而误用。但梁先生却引用了唐李白"开帆入天镜,直向彭湖东"的诗,及明陈文德"谁削青芙蓉,独插彭湖里"的诗,以证明除《水经注》的一处称彭蠡为彭湖外,还发现了这两处;虽然这两首诗尚不能推翻我的怀疑,因为李白这首诗的题目是"下浔阳城泛'彭蠡'寄黄判官",则可知李白是以"彭蠡"为正当的专称,而"彭湖"只不过是抒写时的便称,等于朋友间互称某公某公一样。明陈文德的诗,可能也是同样的情形;但梁先生这样勤恳地找材料,并且找来的材料,对于所要论证的问题,总算八九不离十,这也是值得我佩服的。

我在略答梁先生的大文以前,想先把我写这篇《商讨》一文的用意,稍稍说明一下。第一,这类找材料、解释材料、排比材料的东西,根本算不得什么学问。但若连材料也不会找,不会解释,不会排比,那便不能向学问走动第一步。台湾十年来文化界的风度,因各种原因,许多人连这种起码工作都不肯好好地做一点,便高谈阔论,大写其文章,这是自欺欺人的现象(这话也包括我自己在内)。东海大学,是成立不久的大学,一切尚没有基础;假定学文史的学生,不从这种风气中摆脱出来,则东海大学文史这一方面的训练,便永不能走上一条正正当当的路。因为梁先生是我们东海大学的"班门"(梁先生在这篇答我的大文中说我是"假充内行,班门弄斧",我觉得这对我是很恰当的批评),经得起考验,所以我便想在这种地方稍事推敲(弄斧),使大家(也包括我自己在内)以后讲话写文章,都稍微谨慎一点;使东海大学文史训练的方向，不要太离开了谱。第二，有人批评我太没出息，抱着人家的一条注释来写文章。但我的想法是，梁先生写文章的特别作风，常常是在正文中说自己的结论、态度或感慨，而把重要的论证放在注释里面。即如我提出来讨论的这条"注释十"，虽然梁先生很谦虚地说是"几百字的小注"，但实际是一千七百字左右的"大注"；商讨问题，最好不要在空话中进行，而要在这种实际材料的排比解释中进行，较易有结论。还有，梁先生的辩论精神，凡认识他的朋友，是无不钦敬的。若把范围牵涉太大，将会发展得无岸无边，不能收拾；所以我一开始便特别把讨论局限在一个极小的范围之内。并且如要知道海水是什么味道，尝一滴也就够了。但我并没有这种意思。

二　梁先生对我《商讨》一文的答复函及我的再商讨

我的再商讨，依然是以资料的解释为主。与资料无关的梁先生个人的高见，概不涉入。再商讨将分两部分进行。第一部分是我的原文曾提出些什么问题，梁先生是如何答复；再略加按语。第二部分是梁先生向我质问了什么问题，我也略加答复。

一、（甲）我认为梁先生以施肩吾"绝无雄心为海外扶余"，作为他不曾到过今日澎湖的根据，"这是从一个人的行为动机上找根据。……假使行为动机有助于此一问题的解决，则施氏去澎湖的可能性，无宁大于不去的可能性"。

（乙）梁先生的答复，引了我的话以后说，"未知何指，岂尚未看到拙注里已有澎湖各岛，平坦无甚奇境，素有多风岛之称，亦当非施肩吾所愿卜居终隐之仙灵窟宅一语耶？"

按我原文已指出，中国人早先"对海中岛屿感到兴趣，并不是来自想为海外扶余的雄心，而是来自求仙求药的幻想"。从施氏的诗文看，他正富有此幻想，所以他便有入海的动机。以后我又引了他因有此动机，所以才往返于今日宁波附近的四明山中，并站在海边发过望见仙人的幻觉。这似乎"指"得相当明白。但我是赞成施氏不曾到过今日澎湖的说法的，因为"动机不一定成为事实"，而施氏的诗文中，"并没有到过澎湖的证据"。梁先生的"澎湖各岛，平坦无甚奇境"的话，我已读过了。但这是今日交通便利，梁先生住在台湾对澎湖所得的印象；不能代替千余年前，有神仙迷的人们对不曾到过、只凭幻想所形成的海中岛屿的印象。所以梁先生这几句话，是与解决问题无关的。

二、（甲）我根据《全唐诗》所录施肩吾诗的次序，而认为梁先生以施肩吾《岛夷行》一诗，是"列于《西山静中吟》一诗之次"，因而想间接证明这首诗所指的是鄱阳湖中的岛屿，全无根据。

（乙）梁先生未答复。

三、（甲）施肩吾的诗题本来只是"岛夷行"，但因梁先生要说这首诗所咏的是鄱阳湖里的居民，于是硬说鄱阳湖里的居民是"岛夷"。梁先生的论证是"因彭蠡一名，出于《禹贡》，而《禹贡》有岛夷之语，肩吾遂称彭蠡之民为岛夷"，及"柳宗元称湖南永州之民为夷矣"。我在《商讨》中，认为此种说法不能成立。因为《禹贡》上的岛夷和彭蠡，在文理上连不起来，因此我便把《禹贡》有关的原文抄上。我又指出柳宗元在《道州毁鼻亭神记》中虽曾称有"恺悌达于蛮夷"的话，但就他《代韦永州谢上表》的文章看，当时道、永一带，是有蛮夷杂居的。可是鄱阳湖中，在唐代并无蛮夷杂居的证据，不能以彼例此。

（乙）梁先生对此有关的答复共分五点。

（1）对于《禹贡》上彭蠡与岛夷那一段原文，在文理上到底连得上，连不上，不曾直接提过。而只提出我"对文字要弄清者三"；这与问题的解决是无关系的。

（2）梁先生"细核《禹贡》原文所谓岛夷"，是"举凡沿于江海、达于淮泗的沿海沿江沿湖各岛的居民，统可称之为岛夷"。按梁先生此说如能成立，则施氏《岛夷行》一诗，所指何地，任何人也不能断定。梁先生何以能断定指的就是鄱阳湖中的岛屿居民？

（3）梁先生更引《史记·夏本纪》"淮夷蚌珠臮鱼，《集解》郑玄曰，淮夷，淮水之上民也"（按原文系"淮水之上夷民也"。"夷"字掉不得）及"彭蠡之间，乃三苗所居"、"三苗之国，左洞庭而右彭蠡"及认为"徐先生已承认柳宗元可用'夷'字来称洞庭之民了"等以作鄱阳湖中居民可称岛夷的补充证据。按梁先生所引的材料，都是说的古代的情形，在时间上距唐代很远。历史的情势，是在时间中演变的，所以在这种地方，不能以古例今。又我只说柳宗元曾以蛮夷称湖南永、道杂居的苗猺人，不曾说他"用'夷'字来称洞庭之民"，两处相距颇远。

（4）梁先生又引王勃《滕王阁序》"台隍枕夷夏之交"的文句作彭蠡里的居民可以称岛夷的证明，而问"以徐先生的学养，自无未读之理？此台隍枕夷夏之交，又应当作怎样讲？难道徐先生对于读书应细心，只律人严而律己宽乎？"按我十一二岁的时候，是读过此文的；滕王阁在南昌；以南昌为中心，有一面是夷，有一面是夏，这才能说"枕夷夏之交"。而中国的开发，是由北而南；南昌的西南方向，因有南岭山脉，一直到明代，还有未同化的苗猺。而彭蠡泽一带，则在南昌之东北，其地位自然是包括在这句文章的"夏"里面。若认彭蠡一带是包括在"夷"里面，则所谓"夏"的地区何在？在夷夏两区，又如何在南昌相交会呢？所以王勃的那一句文章，只能成为与梁先生论点相反的证明。

（5）梁先生又引明李梦阳《泛彭蠡赋》中"追三苗之即叙兮，亶文命之讫敷"之语，而责"徐先生所谓未闻当时有夷居于湖中等语云云，似只少见多怪之谈"。按梁先生对这两句文章，忽略了"追三苗之即叙兮"的"追"字。"追"是追怀追忆的意思；这两句说的是伪《尚书·大禹谟》"帝乃诞敷文德……七旬有苗格"及《禹贡》"三苗丕叙"的故事，从历史的时间观念说，不能作唐代彭蠡中住有夷民的证明。

四、（甲）我在《商讨》中怀疑梁先生"鄱阳湖又适原名彭湖"的说法有问题，除了举出《水经注》在许多称呼中，只有一处称"彭湖"，此外在对它的正式称谓中，不曾看到第二个，已如前说。现在要补充一句，梁先生的"又适原名彭湖"的"原名"二字最好改一改；"原"者是"本来"的意思，《禹贡》上的"彭蠡"，才是它的"原名"。

（乙）梁先生关于这一商讨的答复，除引了两句诗，值得我佩服以外（见前文），却再三用"北人称湖为泽，南人称泽为湖"来作"彭泽"即是"彭湖"的证明，却是犯了错误；而这种错误，恐怕一般人也容易犯的。文字的通假，可用在"泛称"、"泛指"上面，却不能用在"专称"、"专指"上面。譬如《尔雅》"初哉首基，肇祖元胎，俶落权舆，始也"这一组字，在泛称泛指时，可以通用。但一个人，例如明朝的"刘基"，他固然可以改其他的名字；但旁人不能根据文字通假的理由而即可断定他亦名"刘初"、"刘哉"、"刘首"乃至"刘始"；因为这是专称、专指。"北人称

　　　　　　　　　　　　　　　　　　论文学

湖为泽，南人称泽为湖"，这是只能应用到泛称、泛指上面。至于"彭泽"是否即可称为"彭湖"，是要看史乘地志上有否这种约定俗成的称呼以为断，而不能诉之于文字的通假，因为这是专称专指。还有梁先生引了有些湖是称为"海"的材料以证明彭泽之可称为"海"，这也是无效的。譬如有一个孩子，他的父母已为他取名"阿猫"，但若有人引了一千个孩子是叫作"阿狗"，想证明这个孩子也可以叫"阿狗"，同样是无效的。虽然阿猫阿狗，都是无所谓的称呼。何以故，因为是专称专指，一经称定了，旁人便不能以任何理由加以变更的。

五、（甲）我认为梁先生"海边与湖边无别"的说法有问题，且对他所引的柳宗元称柳江为海，施肩吾称长江为海的证据，都是出于误记或误解。

（乙）梁先生对此的答复共分五点：

（1）"柳宗元《登柳州城楼》有'城上高楼接大荒，海天愁思正茫茫'句，何谓大荒？何谓海天？请徐先生查查看。"按此诗原题是"登柳州城楼，寄漳、汀、封、连四州"；当时韩泰为抚州，韩晔为池州，陈谏为封州，刘禹锡为连州；这四人和柳宗元都因王叔文的案子而贬逐在外，是患难之交；所以柳宗元登楼遐想，想念分散在这四个地方的朋友；把远望和遐想连在一起，不胜山川阻隔之感，于是而有"接大荒"、"海天愁思"的境象。"大荒"和"海天"如何能说得上指的是"柳江"？此诗中有一联是"岭树重遮千里目（向远处望而不见），江流曲似九回肠（意思之深）"，江流之"江"，却指的是柳江。

（2）我说施肩吾及第后过长江的诗，连"海"字都没有。梁先生的答复是施"把扬子江的波浪称做'黑浪'，这黑浪是否把形容海的特性藻饰用到江上面去了？请徐先生研究研究"。按梁先生原是说"肩吾各诗，有以长江称海之例"，而实际上又找不出"海"字，所以便找出"黑浪"两字来代替"海"字。"黑浪"两字，何以专门是形容海而不可以形容江以及其他的水？刘克庄《龙隐洞》诗"中有无底渊，黑浪常荡潏"，这也指的是海吗？凡浪，以白色为多，海也不是例外，所以咏海而用"白浪"、"雪浪"的也不少；假定施氏此诗用上"白浪"，不也可以说他是把江说成海吗？施诗的原文是"忆昔将贡年，抱愁此江边。鱼龙互闪烁，黑浪高于天。今日步春草，复来经此道。江神也世情，为我风色好"。前四句是在他得意后回想过去倒霉时在江边遇着大风时的情景，黑浪的黑，大概系因阻风待渡，于晨昏在江边焦急怅望时的境象，而又与他的"抱愁"的心情有关的。怎样也想不到这是"以长江称海"。

（3）梁先生又在古人诗中补充"以江湖称海"的证据。他说："至于诗人以江湖称做海，委实不少。宋元明清诗暂且不论，即以唐诗论唐诗，例如：刘沧《旅馆书怀》，以'江边'为'海边'，韦应物《送溧水唐明府》，以'滨湖'为'滨海'，杜甫《送人游江东》，以'入江'为'入海'，李白《江上吟》，以'江客'为'海客'，曹松《题甘露寺》，以'夏口之江'为'无际海'；其余包佶、杜审言、王昌龄、丁仙芝、张祜、李嘉祐、李群玉、刘长卿、任蕃、柳宗元等辈，殆无不身在江湖之中，而诗咏海天之阔。"按梁先生这段话，真是愈说愈远，兹略分疏于下：

刘沧系山东人，大约家与海很接近，所以他在《秋日寓怀》诗中说"海上生涯一钓舟，偶因名利事淹留"。《旅馆书怀》的诗是"秋看庭树换风烟，兄弟飘零寄海边"，这是怀想他故园兄弟的意思，怎样是"以江边为海边"？

韦应物的诗题不是"送溧水唐明府",而是"送唐明府赴溧水"。溧水是县名,属江苏,因为从长安的人看,它是近于海的。而境内又多沼泽地,所以他的诗说"鱼盐滨海利,姜蔗傍湖田"。二者对举分明,看不出他是以"滨湖"为"滨海"。

杜甫诗的原题是"送孔巢父谢病归游江东,兼呈李白"。孔巢父是当时竹溪六逸之一。朱注谓"按诗云,南寻禹穴见李白,此江东乃浙江以东,即会稽也",仇注谓"孔之东游,志在遁世引年,故诗中多言神仙事"。了解了此诗的背景,应即可知"巢父掉头不肯住,东将入海随烟雾"的"入海",是对隐士行迹的形容,所以《分门集注》引"赵曰,东将入海,则如击磬襄入于海之入海耳。旧注引此东入于海,却是水耳"。但对此"海"字,不论作象征性的解释或征实性的解释,都无法说是"以入江为入海"的。

李白《江上吟》的诗是"仙人有待乘黄鹤,海客无心随白鸥",这是用这个典故来说明自己的心境;《分类补注》释下句的出处说"列子'海上之人,有好鸥鸟者,每旦之海上,从鸥鸟游'"。若此"海客"是"江客"的代名词,因此能证明"江"可以称为"海",则上句的"仙人"也将是代表"江人",因而能证明"江"也可以称为"仙"了。

甘露寺在江苏镇江北固山上,因为这里可以望海,且可受海潮的影响,所以古人金山、北固山的诗,有用到与海有关的形容词。曹松《甘露寺》诗的"天垂无际海,云白久晴峰",乃是由甘露寺远眺所得的影像。"夏口之江"在湖北,离此千余里,不会"以夏口江为无际海"的。此外梁先生所举十人,不知指的是些什么诗;但就上面可以找出底细的来说,梁先生竟然没有一首猜对。

以见诗人作诗，用字遣词，也一定有他的分寸。当然这种分寸没有史学家严格。

（4）梁先生又引"新、旧《唐书·食货志》皆以鄱阳洞庭湖中岛为'陂湖巨海，深山之中，波涛险峻，人迹罕到'之地"来补证鄱阳湖之可以称海。按《旧唐书·食货志》的原文是"江淮之南，盗铸者，或就陂湖巨海，深山之中，波涛险峻，人迹罕到，州县莫能禁"。《新唐书·食货志》修改《旧唐书》的文字而成为"自是盗铸蜂起，江淮游民，依大山陂海以铸，吏不能禁"。"江淮之南"，实包括整个东南地区，其中有湖有山，而又有许多地带是滨海，我不知道梁先生为什么要说这是专指"鄱阳洞庭湖中岛屿"而言，因而以此文中的"海"字来证明鄱阳湖可以称海？

（5）梁先生又引唐韦庄《泛鄱阳湖》诗及谢枋得《小孤山》诗来证明鄱阳湖是可以称海。按韦诗中根本无"海"字，不必费辞。谢诗称小孤山是"海门关"，是从长江直通到海，而小孤山恰横在江中的关系来说的，决不是指小孤山与湖口的关系而言。所以下面才有"留砥柱"、"挽狂澜"的说法。原诗是"人言此是海门关，海眼无涯惊众观。天地偶然留砥柱，江山有此挽狂澜……"鄱阳湖在小孤山之右，小孤山对它而言，没有"留砥柱"、"挽狂澜"的作用，所以上面的"海"字，只能是长江所通的海，而不能是湖。

六、（甲）我对梁先生根据赵汝适《诸蕃志》中"土人以所产……豹脯往售于三屿（梁先生原注：案在今菲律宾）"的材料而认为"其熊、豹等物，当是琉球人自寒带地方输来而贩售于热带地方（原注：三屿）"的说法，而认为"在帆船时代，远越海洋去输熊、豹，作成干肉后，再越海去贩卖，古今中外，恐怕很难找出这种商业买卖"。

（乙）梁先生是以"琉球人在元朝有往来贩货东南海之例"，即引明朝有进贡及与南海各国买卖的情形来作答复。可惜在梁先生所举的材料中间却没有贩卖熊、豹干肉的材料！这正可以反证"古今中外，恐怕很难找出'这种'商业买卖"的怀疑，是正确不误的。

七、问题移到《海防考》中陈棱经略彭湖的记载问题上面。

（甲）《台湾通史》引《海防考》只说陈棱"隋开皇'中'尝遣虎贲陈棱……"梁先生却引为开皇"三年"，因而来一段以开皇三年为基础的考证，我怀疑这是以无为有的考证。

（乙）梁先生对此无答复。

八、（甲）我在《商讨》中认为梁先生"隋文帝、炀帝两代，鄱阳贼屡起，而鄱阳又适原名彭湖，陈棱是庐江人，与鄱阳邻，奉命平鄱阳湖贼，是或有可能者。《隋书·炀帝本纪》及《棱传》有此迹象也"的说法，不能成立。我的论点是（一）《隋文本纪》中，找不出鄱阳贼屡起的痕迹。（二）炀帝时虽鄱阳贼屡起，但陈棱此时正统帅炀帝的宿卫军，作江都的保卫战（炀帝此时在江都），不能分身去讨鄱阳贼。（三）《隋书》所说的鄱阳贼是"鄱阳郡"的贼，并不是指的"鄱阳湖"的贼，所以与《海防考》的"彭湖"连不起来。梁先生为了要把它和"彭湖"连起来以便把《海防考》所说的彭湖解释为鄱阳湖，而轻轻地在《炀纪》的"鄱阳贼"三字中加一个"湖"到里面去，因而变成为"鄱阳湖贼"，这是不应当的。

（乙）梁先生的答复共分三点：

（1）引"开皇十年十一月……饶州吴代华……皆自称大都督，攻陷州县，诏上柱国内史令越国公杨素讨平之"一事，而责我"是否由于未解饶州即鄱阳郡"。按我是忽略了这一点，因为鄱阳郡平陈后置饶州，大业三年又废饶州，所以《隋书·地理志》只列鄱阳郡。但因此更可证明鄱阳贼之非鄱阳湖贼，因而根本和《海防考》所说的彭湖，是风马牛不相及。至于梁先生因此而推论"陈棱为庐江人，其本乡已近鄱阳……鄱阳贼吴代华等叛隋攻陷州县，陈棱或可能领乡兵经略鄱阳……"这是修正了梁先生《论〈隋书〉……》大文中《炀帝本纪》……有此迹象"，而提前为文帝时代，但依然是不能成立的。因为《陈棱传》说得很清楚，在高智慧、汪文进等作乱之年，亦即是饶州吴代华的作乱之年（见文帝十年《本纪》），陈棱的父亲陈岘也为众所推而叛隋；不过不是真心想叛，而私派棱至柱国李彻处，约为内应；谋泄，陈岘"为其党所杀，棱仅以获免"。是时陈棱父子一方面被迫随众叛变，一面又内通反正，谋泄而一败涂地，如何"能领乡兵经略鄱阳"？

（2）梁先生说我"硬在《炀帝本纪》中大写文章，白白占去他（按指我）的大作四分之一以上"；按我因为梁先生的大作说"陈棱是庐江人，与鄱阳近（我在《商讨》中指出并不邻近），奉命平鄱阳湖贼，是或有可能者。《隋书·炀帝本纪》及《棱传》有此迹象也"。并且梁先生要由此"迹象"而证明《海防考》上所说的陈棱"经略彭湖三十六岛"，即系"江西之彭湖（原注：鄱阳湖）"。我把《炀帝本纪》及《陈棱传》的材料详加排比，而证明其绝无此"迹象"，则梁先生由此"迹象"以证明《海防考》上陈棱所经略的"彭湖"即是江西的"鄱阳湖"的说法，从根推翻了。此点一经推翻，则梁先生其他说法，皆成废话。这是考据上攻敌

　　　　　　　　　　　　　　　　　　　论文学

攻坚的方法。梁先生为什么说我白白占去篇幅呢？梁先生对我所提出的陈棱根本未到过江西鄱阳的论证，不能提出反证，则这方面的争论已告一结束了。

（3）关于我说梁先生不应轻轻添一"湖"字，把《隋书·炀纪》的"鄱阳贼"变成"鄱阳'湖'贼"，以便与《海防考》上的彭湖相附会，是不可以的这一点，这也是非常重要的。按梁先生对此无答复。

三 梁先生对拙文《商讨》的质问及我的答复

一、（甲）梁先生说："在拙著《〈隋书〉流求与琉球、台湾、菲律宾诸岛之发见》的正文和注释里面，不但全无宋以前中国人未至澎湖群岛之说，而且……不晓得徐先生为了什么缘故，一开头便说：'按梁先生的目的，是要证明宋以前中国人没有到过澎湖，施肩吾是中唐时人，自然也不应到过澎湖……'这是把我没有说而硬认为我已有说的。"

（乙）按我那几句话是概括梁先生大作下面的几句话而说的，所以没有加以引号。梁先生的大文曾说："……在风帆时代，中国的交通东海南海，是各有指定的专港。概括地说，在唐代以前，福州以北各港，是被指定交通东海。广州以南各港，是被指定交通南海。（按这几句话是梁先生关于此一问题立论的基石，所以在梁先生的文章中，常常提到。'指定专港'，有点近于海上交通统制，这在古代是一件很突出的措施；可惜我不曾读到梁先生所提供与'指定'有关的历史证据。假定提不出此种证据，则梁先生立论的基石便根本动摇了。所以我希望梁先生有机会正式提出此种历史证据来，这是一大贡献。）……台湾一岛之距大陆虽近，只因风涛两逆，难成航海目标……其福州一港，在历代大抵皆被指定交通东海。……其自福州借西南风、西风或南风东航，自难抵达台湾！此所以拙著多种，每谓台湾、菲律宾诸岛，汇在宋朝泉州（今晋江）开港以前，竟成为东西洋航路两俱瓯脱之地……"（梁先生大作五至六页）

按梁先生没有说过宋以前有无人到过澎湖的话。但若宋朝泉州未开港以前，福州港口只能东北向航琉球，而不能东南向航台湾，自然也不能东南向航澎湖，而澎湖自然包含在梁先生所说的瓯脱地带之内。且以澎湖与台湾相距之近，若宋以前有人到了澎湖，则宋以前亦必有人到过台湾，而台湾不致成瓯脱之地。可见我对梁先生目的之概括叙述，似乎与梁先生《论〈隋书〉……》大文的说法是大体相符的。

二、（甲）梁先生质问我"徐先生不知究因何故，竟一则曰'梁先生……断定所题的是鄱阳湖'……我虽不学，断无化'屿'为'湖'，或化'湖'为'屿'之理。徐先生是军事家，难道还未知湖中有屿么？……"

（乙）按有鄱阳湖才有鄱阳湖的屿；那首诗若如梁先生的说法，所咏的是与鄱阳湖有关，则其内容只是咏"湖"而不是咏湖中的"屿"。假定梁先生认为那首诗所咏的是"鄱阳湖中之屿"，而不是鄱阳湖，则梁先生所谓与湖边无殊的"海边"，与浊水无殊的"咸水"，以及"采珠"等？更作何妙解呢？

三、（甲）梁先生质问我引述他的大文时，他的大文"便被改作'连雅堂的《台湾通史》……曾引《海防考》之说……'而小注里'然仅据一不知年代姓名之《海防考》，亦不足恃以论史矣'

一句，则竟不翼而飞，不知去向了。……独此一句不晓得是何缘故，会被徐先生看漏了的？于是徐先生大发议论……"

（乙）按我引梁先生的大作是节录；并且在节略的地方都加上省略号，我在什么地方"改作"过呢？节录材料，要与讨论的问题有关。我写这文章的目的，不是要论证《海防考》陈棱经略彭湖一事的可靠不可靠，而在指出梁先生把《海防考》陈棱经略彭湖改释为"讨鄱阳湖贼"的论证方法大有问题。因此梁先生"然仅据一不知……"的一句，对于我的论题是无关的，当然可以节去。这与梁先生大文中引《海防考》的话，而把与论题有重大关系"推年大者为长"的一句话，不加省略号，而便轻轻删去的情形，完全两样。

四、（甲）梁先生质问："徐先生所谓'不能以《陈棱传》、《流求传》来否定《海防考》'的话儿，我实在莫测高深。"

（乙）按《隋书·陈棱传》及《流求传》所说的流求，梁先生固然主张即是今日的琉球，但另一方面却主张乃是今日的台湾。二说中任何一说都没有成为定论。我文章中说得很清楚，"只能由《海防考》成书之年代及其内容之互证方面，来考定《海防考》之可靠不可靠"。若《隋书》上所说的流求，"即系今日的台湾，则澎湖正为用兵台湾之中间站"，而《海防考》所说的陈棱经略澎湖，正为陈棱用兵台湾必须准备的工作。所以若肯定《陈棱传》、《流求传》用兵的对象是台湾，即可推定陈棱之事先曾经营澎湖，乃极合理之事。所以我说不能凭这来否定《海防考》，并没有什么"高深"的。

五、（甲）梁先生质问："至孔《传》所谓'南海岛夷'，是指《禹贡》时的'南海'，与《左传·僖公四年》齐侯以诸侯师伐楚，楚子与师言曰'君处北海，寡人处南海'，皆未曾指现今南中国海，此请徐先生对字句要弄清楚者一。"

（乙）按《禹贡》的"南海"（导黑水至于三危，入于南海），《尚书今古文注疏》考定"即居延海之属"，自然不是今日的南中国海；"我居南海"，当然只是地理方向的泛称；也自然不是今日的南中国海，否则楚国会住在海里不成？这种字句，我颇弄得清楚。但我所引的孔《传》，是对"岛夷卉服"一句的解释；若如梁先生的高见，"孔《传》所谓南海岛夷，是指《禹贡》里的南海"，则岂不是由江西而一下子扯到甘肃一带去了吗？并且梁先生是要把《禹贡》的"岛夷"和彭蠡连在一起，若一下子扯到甘肃一带去了，岂不与梁先生所要达到的目的，愈来愈远？这倒真把我弄糊涂了。

六、（甲）梁先生又说："古无'岛'字，依章炳麟考证，'鸟'、'岛'同音 dien，后人于'鳥'旁加'山'则为'嶋'，简笔始为'島'。（按《说文》分明有'䲾'字，今经典又省作'島'。什么后人于'鳥'旁加'山'则为'嶋'呢？）《禹贡》已照今文改'鸟'为'岛'（按郑、王本固皆作鸟，何可如此笼统地说？）……《群经音辨》曰，鸟，海曲也。当老切。《书》鸟夷，玉裁按贾氏未改之《尚书》释文出此条'。（按《群经音辨》之'《书》鸟夷'，应连着下文'古本固有作鸟者'断句，不可随意删掉。）《尚书今古文注疏》'《集韵》三十二皓云：䲾，古作鸟'，此请徐先生对字句弄清楚者二。"

（乙）按梁先生这段话，实在把我弄得莫明其妙。大概梁先生以为古来只有"鸟"字，没有"䲾"字，因而认《禹贡》此处的"岛"字，原即作"鸟"字，此"鸟"字即今日之"岛"字。却不知《禹贡》有的作"鸟",这还是"岛"的省文,因而与"岛"同声呢?还是本来即作"鸟"字,而指的是"搏食鸟兽之民"(郑《注》)呢?抑是冀州者应作"鸟夷",而扬州者应作"岛夷"呢?这是争论未决的问题,更是梁先生根本不了解的问题。拙文的目的不在解决此一问题,而只是把"岛夷卉服"的岛夷,原有两种解释,我都把它引出来,以证明任何一种解释,都不能把岛夷扯到彭蠡里面去。我根据古人的解释,而来加断语,在字句上有什么不清楚呢?况且梁先生既提到文字训诂,便应知道"海中往往有山可依止曰岛"(《说文》九下),如何能把《禹贡》的岛夷牵扯到彭蠡湖去?古今有这种注释吗?我的班门弄斧只弄到此处为止。我向梁先生的领教也只到此处为止。敬乞梁先生原谅。

五九年十一月廿一日于东海大学

一九五九年十二月一日《民主评论》第十卷第二十三期

中国文学的选、注、译等问题
——梁选《古今文选》序

选文，也即是衡文，在中国过去的文学史中，是一件大事，也是一件难事。除了科举时代，八股文、试帖诗的选印以外，有意义的选文，约略可分为三种。一种是以匡谏教化为目的，这是伦理性的选文。一种是以搜罗遗佚为目的，这是文献性的选文。一种是以标举义法，揭示归趋为目的，这是文学性的选文。在三种选文中，尤以后一种最为难事。

选文的第一标准，当然是内容。但站在文学上所要求的内容，和站在一般学术上所要求的内容，并不一样。固然，古今有不少著作，在学术与文学上有相同的价值。但这只是两种内容，融和在一个伟大的作者身上，并不能因此而将两者的本质加以混同。学术性文章的内容，是要求对人类的知识能有所增加。而文学作品的本质，则正如歧约（Guyau）在其大著《从社会学看艺术》的第五章中所说，恰似男女的恋爱。男女恋爱的内容非常简单，不过表示"我爱你"，及要求"你爱我"。但这样一个单纯的主题，亘古以来，却投下了无数男女的生命，织成了无数的语言和无数的仪态。文学的本质，是把人生内蕴的生命波动，通过语言文字的技巧，把它表现出来。这种生命的波动，假定直诉之于理论性的概念，而不分析到它许多关连的背景，则其单纯正与恋爱的内容无异。文学的价值，乃在于表现技巧与生命波动的融合。融合的效果，用姚惜抱的话来说，即是作品中的"神理气味，格律声色"。所以站在文学的观点来选文，其着眼点不是某一作品对知识的有无增加，及与时代的是否适应，而是对于由格律声色之粗，以通于神理气味之精的感受性。选文之难，正难在这种地方。准此以论，我们便可以承认《昭明文选》及《古文辞类纂》的选文，有与一篇伟大的创作相同的价值，而后者更为卓绝。

　　清代以阮元为中心的一派，坚持"有韵为文"的立场，对其他散文，一概采取排斥态度。但他们实际只能涉及文学中的声与色，至李兆洛的《骈体文钞》出，而始注意到在声色之中应加上格律。他们对文学的理解，似乎较姚氏还差得很远。不过由王先谦的《续古文辞类纂》所代表的作品，则虚弱疲劳，"其细已甚"；这是说明中国散文的正统，随时势的演变，已经不能不另开新运了。同、光之际，即使是很服膺姚惜抱的人，也对姚氏所选的《古文辞类纂》感到有所不足。但他们不能了解这是时代对文学有了新的要求，而只是想从学术性的文章方面去加以充实扩大；曾国藩的《经史百家杂钞》、黎庶昌的《续古文辞类纂》，正是代表此一倾向。此一倾向，再加上乾嘉的考据学风，对以后的大学中文系，发生了重大的影响。自有大学的中文系以来，虽列有纯文学的课程；但主要的方向，是走向旧式的语言学；其次，则想在学术性的文章上找出路。肯站在文学欣赏的立场来讲大学国文的，数十年来，恐怕有如凤毛麟角。大学里的中文系，事实上早和文学脱节了，这才是中文系自身的真正危机。当此过渡时期，要继《古文辞类纂》而出现一部文学性的新文选，更是难事中的难事。

吾友梁先生容若，以十余年精勤之力，选注了古今文四百篇。在体例方面，是综合选文的性质；在内容方面，可以说是含有多方面的开发目标。这对传统的选文而言，实表示了一种时代的开放性。容若在《我如何编〈注音详解古今文选〉》一文中，举出了六个动机，在我看，都可以算是完满达成了，尤其是在注音及注解方面的成就最大。注音对台湾各阶层同胞学习祖国文化的贡献，是显而易见的。注解方面，一事之细，一义之微，也不肯轻用转手材料，而必一一追求原典，因而矫正了许多流行的错误，是非常辛勤、重要而且是富于启发性的工作。并且，除了字句注解之外，更把一篇文章的背景及其他相同材料，尽可能地都搜罗在一起，这也是费了很大的气力，对于读者的了解，有很大的帮助的。凡此，都确实在选文的工作方面，开扩了一种新境界。

其中有一点，我与容若的观点是颇有出入的，即是里面用口语译文言的工作。照我的一偏之见，以为站在文学的立场，任何翻译，也不能不给原有的文学气氛、情调以损害。神理气味、格律声色，是与创造者的个性、教养，乃至创造时的环境与精神状态，有不可分的关系。这不仅是旁人代替不得，甚至一个作家，在情过境迁之后，也未必能写出与过去完全相同的作品。所以对文学的翻译，是非常困难而系出之于万不得已的。好几年以前，钱宾四先生曾来信问我对他以口语翻译《论语》的意见，我干脆回信劝其不必枉费精神。凡今人用口语所翻译的《诗经》、《楚辞》，假使这是作为私人的临摹习作，固然也是学文的一种方法；但若其目的是在解决他人阅读古典的困难，则译得再好，也不过是没有生命的死物。其次，站在解释的立场，将文言译成口语后，并不一定能尽到解释之责。因为读者所最难了解的常常是字句后面的理路或根据。例如把"学而时习之，不亦说乎"译成口语后，并不能向读者交代出何以会"不亦说乎"的问题。所以邢《疏》便须加上"日知其所亡，月无忘其所能"的一大段；而朱《注》则非添上"所学者熟"一句不可。文学作品中，有精约、暗示、隐喻、遥承、暗转等等，往往须要添上一二句或数句，才可解释清楚。但因为是翻译，便不好随便添上去。不过容若的用心，并非仅仅代表一时的风气，而实是出于"老婆心切"。他的着眼点，完全是为了适应社会的需要。因此，我常想到小时候曾读过一部《四书备旨》，先释字句，再来一个串讲，把字句中的曲折都讲了出来；这即是为大家所瞧不起的"高头讲章"。但高头讲章，实来自六朝及唐代的讲疏，在解释上恐怕有其必要。今后在一篇文章的注释后面，假定来一个口语的讲疏，是否更为妥当？或许也是值得研究的一个问题。

容若在语文方面的造诣，比我高明得太多。他通过此一完整的文选向社会所作的贡献，不仅我个人自愧是全等于零，恐怕在同时行辈中也很难企及。我相信，社会上还会期待他更大的继续的贡献。

一九六一年十一月徐复观谨序

原载一九六一年十二月三日《联合报》，题为"论选文、注解与翻译"
现据一九六一年十二月十六日《人生》第二十三卷第三期

答虞君质教授

一

台湾大学哲学系教艺术与逻辑的虞君质教授，在十一月八日《新生报》上对我发表了一篇人身攻击的大文以后，他在十二月二十日的《新生报》上，又以"失言"为标题，"心平气和地对徐君谈一谈有关美学及其附带的几个问题"；而他的谈，是"甘冒古人不可与言而与之言，谓之失言之讥"的。他谈的对象，是对于我的《〈文心雕龙〉的文体论》"发现了下列几个问题"。

我的《〈文心雕龙〉的文体论》一文，目的不仅是在澄清几百年来环绕于此书的若干基本误解；而主要是运用分析与综合的方法，先把全书拆散，再顺着"文体"的观念，将全书加以理论上的再构成，以求能通过此书来对我国传统的文学理论，作一有系统的了解。这在我国研究传统文学理论方面，完全是开辟一条新的途径；由这一条新途径下去，可以进一步做许多有意义的整理工作。

但是我这一部分的努力，不仅在我个人为一新的尝试；并且到现在为止，似乎还未曾找出同样的尝试。所以我在前面的附记中有下面的一段话："作者仅因授课余闲，偶涉及此，并非专门精力之所寄。谬误疏漏，势所难免；尚乞海内通人，赐予指正……"这决不是说的客气话。因此，有朋友劝我把此文印成单行本，但我觉得里面还有许多应补充校正的地方，所以只好暂时把它放下。此次因虞君说对此文"发现了几个问题"，逼着我以一日之力，把原文重看一遍，除了发现近百的错字以外，并顺便把应补充及有几句话表达得不够贴切的地方，作下记号，以待我有时间去重做一点补正工作，好早日公之社会。由此不难了解，我是非常希望能得到社会的（包括虞君在内）批评的。不过，我坦白说一句，这种用够了功力，而出之以惨淡经营的文章，可能有偶然疏忽的错误，可能有照顾不周密、分量分配不平均的过失，但断无由没有根据而来的错误。所以对这种文章若真能批评，便是把问题推进了一层而非常有价值的批评。不是随便可以用争一日之短长的心理来批评得了的。不幸得很，我读完了虞君的批评以后，使我怀疑"这真是出于一位教艺术与逻辑者的手笔吗"？

二

虞君的批评分三点。

一、他论彩色时说："红黄蓝白黑为五种基本的颜色，各种颜色均由此五种颜色互相渗和而成。"这按现代实验美学的眼光看来，简直是无根的胡说。实在不可分解的原色只有红黄蓝三色。

按在我的原文中，没有特别论到色彩。只是为了说明《文心雕龙·体性》篇的"八体",乃是文体的八种基型；实际的文体，是由此基型的渗和变化而来，所以实际上并不限于此八体。为了说明的方便，所以比喻地说："有如颜色中的红黄蓝白黑五种基本颜色一样，各种颜色，都是由五种颜色渗和而成……"（原文二五页）徐道邻先生看到此文后，曾和我说："现代物理学上，色光三原色是红、绿、蓝，颜料三原色是红、黄、蓝。五色的说法，在现在看起来是不妥当。"后来我住初中的小女儿也把这一点告诉我，因为在她的理化参考书上便有这样一条。我一面很感谢徐先生的指教，但我同时也觉得这尚无关大体。因为我在原文中只不过是一句比喻性的说法，而所有比喻性的说法，都是不严格的。我所用的是传统的观念，所以只称为"基本颜色"，而并未称为"原色"，可以不牵涉到物理学上的问题。不过虞君把这一点提出来批评，尽管与我的论旨毫无关涉，也未尝不是一件好事，虽然在此处扯不到什么实验美学的招牌上去。可是虞君接着的论断是：

> 今将红黄蓝白黑五色并列，完全是念念不忘"五色旗"的"准义和团思想"在作祟。

按"五色"一词，大约始见于《禹贡》，使用了将近三千年（我认为《禹贡》乃编定于西周）。而以五色为国旗，乃前五十年中华民国开国时的事。我在原文中用了"五色"作文章"八体"的喻，如何能说这"完全是念念不忘五色旗"呢？义和团所捧的是黄龙旗，又如何能由五色旗而连上义和团呢？从虞君的这种论断看来，谁能相信他是一位教逻辑的大学教授？但虞君之所以如此，实另有深意。他说我是念念不忘五色旗，可见我对现在使用的青天白日满地红的国旗是一种叛逆，这便应由中国政府来严办。说我是义和团，可见我是要仇杀洋人、破坏邦交的，这又应由外国政府来指名严办的。内外两把刀，在虞君这种妙用之下，一齐落在徐某的头上，徐某还能有命吗？这一年以来，凡是对我作人身攻击的人，都隐含有这种杀机在里面，不仅虞君是如此，不过虞君要得更笨拙一点。

三

虞君提出的第二个问题是：

二、他论 Lipps 的移感说，于"感情移入"之外，又来一个"感情移出"，可谓发前人之所未发。

按他的意思，以为感情移出说，是由我随便捏造的。谈到这种问题，就虞君的程度看，他之不能了解，是情有可原的。必须首先了解感情移入说在美学上所遇到的困难，才可以了解有人提出"感情移出说"的意义。只说感情移入，则自然所及于人的意义不显，因之，美便好像与自然无关。但 Wundt 以为"白色使人想起华美，绿色使人想起宁静之乐，赤色是表现力量"；可知自然在美的构成中，并非完全处于被动。而钟嵘《诗品》在开首的一段话，及《文心雕龙》的《物色》篇，都是说明自然所及于人的影响。感情移出说正所以彰显这方面的意义，以补感情移入说之不足。就主客交融的实相来讲，移入即是移出。其所以分别说移入移出，乃是在主客交融的美的构成的过程中，各有重点的分解的说法。虞君当然不会了解这些曲折。不过我的原文分明说"于是有人主张'感情移出'以为之补充"（原文三四页）。虞君虽然不能了解这些话的内容，但在阅读我的原文时，不应当漏掉了"又有人主张"五字。我既明说"有人"作这种主张，便已经说明这不是我的主张。虞君何妨找一部冈崎义惠的《文艺学概论》来看看一二九至一三二页的内容呢？虞君再接着说：

> 他从翻译的中国字的表面去曲解"出"、"入"二字，他说在移入中"人是被动"，是物的感情到人；在移出中，"人是主动"，是人的感情到物，这真教稍懂美学 ABC 的人笑掉了牙齿……徐君把感情移入完全拘限在"由物及我"的被动方面，不知这个"物的感情"从何而来？这完全是强不知以为知的妄人妄语。

按我的原文是"但自然与人生究竟如何发生关系，一直要到李普士们的'感情移入说'而始得到一个解决。不过感情移入说，自然完全是居于被动的地位……"（原文三四页）又解释《文心雕龙》的"物以情观"的意义说："物以情观，乃通过自己之感情以观物，物亦蒙上观者之感情，物因而感情化、对象化……这即是感情移入说。"（原文三五页）福林格尔在他所著的《抽象与感情移入》一书中，引有李普士最扼要的一句话是"美的享受，是被客观化的自己的享受"（日译本二二页）；我援引此说以解释"物以情观"，可说恰到好处。这把在感情移入中人是彻底居于主动的地位，是把人的感情移入于物，说得够清楚了。而虞君却硬说"他说在移入中人是被动，是物的感情到人"，"徐君把感情移入完全拘限在由物及我的被动方面"，这不是当面说谎是什么呢？我对有人提出"感情移出说"的原因，说明是因为"有时景物撩人，自然并非完全被动的"（原文三四页）；而以此解释《文心雕龙》中"情以物兴"的意义说："情以物兴，是内蕴的感情，因外物而引起，这是由外物之情以通内心之情，有似于感情移出说。"（原文三五页）而虞君却硬说我是认为"移出中，人是主动，是人的感情到物"。这种当面说谎、变白为黑的情形，是谁笑掉谁的牙齿？谁是强不知以为知的妄人妄语呢？

四

虞君提出的第三点问题是：

> 三、他举出《世说新语》的容止是"活"的，而说与古希腊雕刻的"美的形象"之美恰成一对照，那意思是说形象之美非活的，是死的！并且说前者是"中国美学"，后者是"西洋美学"！他说雕刻的形象是死的，不啻一笔抹煞了古今中外的伟大雕塑！这真是"中国美术家"头脑混乱的发现！

按在我原文的十五至十六页中，有如下的一段话："另一诱发文体自觉的重大因素，恐怕是来自东汉以来对于人物的品鉴。……刘劭《人物志》，为东汉品鉴风气之结果……但魏以前，对于人的形象的重视，是出于实用的要求；而形象的自身，不过为追求另一实用价值之手段。及汉魏、魏晋之际……以实用为内容的人物品藻，一变而为艺术的欣赏态度；因之，人物形象的自身，即有其欣赏之价值……《世说新语》所载之人物品鉴，正代表此一大的转向。于是《人物志》所重者为人之'才性'，而《世说新语》所重者为人之'容止'（注三六）。容止，乃人的'活的'形象。此与希腊人以雕塑来表现人体形象之美，因而想建立一种静的纯一晴朗（按：原文'晴朗'二字倒排）的形象世界，恰成一对照（注三七）……"注三十七是"参阅日人土居光知著《文学序说》三八二至三八三页"。我以"静的纯一晴朗的形象世界"来说明希腊的雕塑艺术，这大概是一般所能承认的说法；并且我还注明了参考的材料。"静的"与"死的"，完全是两个性质不同的观念。我真不忍心说：这种把"静的"看成是"死的"，把写得明明白白的"静的"二字，硬改成"死的"二字，这到底是出于哪种精神状态、心理状态？至于"形象世界"对希腊艺术乃至其整个文化，有一种什么样的特定意义，那与虞君的天资、学力，太为缘远了。虞君再接着说：

> 他又反复讲到"升华"一词，牵强附会去运用，使人如听梦话。查升华作用（sublimation）一词，精神分析学者常常引用。意指精神的精炼或纯化或净化。其内涵义蕴，完全不是徐复观所了解的那回事。他说"体裁"升华为"体要"，"体要"又升华为"体貌"，而体要以"事义"为主，体貌以"辞"为主，这么说来，越炼越粗，越升越低了，岂不可怪！

按"升华"是指固体不经过液体而直接成为气体的现象，本是物理、化学上的专用名词。此外的用法，都是引申或比拟的用法。弗洛伊德的精神分析学，把人的精神分为三个层次：最下层的是无意识界；上一层的是意识界，又称"自我"；再上一层的是良心，或称"超我"。在弗洛伊德，三者都是性质不同的三种有独立性的东西，而以无意识为主；所以对于这三层的相互关系，决不用升华一词来作表达。大概虞君以为无意识可升华而为意识，意识可升华而为良心，所以便用上"精神的精炼或纯化或净化"的语句，这对于精神分析学本身而言，未免太滑稽了。弗洛伊德只认为艺术乃无意识，实际即是性欲的升华或变形。这是精神分析学的扩大应用。在这一方面的常识，我比虞君大概会丰富一点。拿望文生义、胡猜乱想的方法，以作装腔作势的本钱，可以骗浮薄而不肯落实读书的年轻人，这实际是一种非常不道德的行为。

至于虞君说"体裁升华为体要，体要升华为体貌"，是"越炼越粗，越升越低了"；因为我说体貌，是"以辞为主"，于是我之用"升华"一词，是"牵强附会"。

按我在原著十二至二四页一章中，说明刘彦和之所谓文体，有体裁、体要、体貌三方面的意义，及此三方面意义的构成因素特性。更将三者的关系，说明为是"体裁→体要→体貌的升华历程"。这不仅将《文心雕龙》分散在全书中的文体观念，用归纳的方法，条理出一个清楚的理论系统，以澄清过去许多人的混乱，使其成为易读之书；并且也间接解决了中国传统文学理论中许多模糊不清，而又非常重要的基本问题。我分明说"体貌是文体一词所含的三方面意义中彻底代表艺术性的一面"（原文十三页）。我又在第十七页把"体要"之体，与"体貌"之体，根据《文心雕龙》的观点，作了明确的比较："若以体貌之体，是来自《楚辞》系统；则站在刘彦和的观点说，体要之体，是来自五经的系统。若以体貌之体，是以感情为主；则体要之体，是以事义为主（注三十八）。若以体貌之体，是来自文学的艺术性；则体要之体，是来自文学的实用性。若以体貌之体，是通过声采以形成其形象；则体要之体，是通过法则以形成其形象。""声采"是要通过语言文字而见，这在《文心雕龙》便常称之为"辞"，这是从"楚辞"、"秋风辞"等等传统下来的观念，实际是指的带有艺术性的语言而言，它有由历史所规定的特定内容，这在《文心雕龙》一书中到处可以看出，不可望文生义。所以我又说"体貌之体，以辞为主"（原文二十一页），是说辞乃构成体貌的因素。这应关连到前后许多谈到"体貌"的地方，才能了解得完全的。因此，我所说的文体三次元的升华，是由文字排列的形式（体裁）升华到文章的法则性（体要），再由文章的法则性，升华到文章的艺术性（体貌）。虞君从什么地方看出是"越炼越粗，越升越低"呢？即使把我的原文的前后关连，置之不问，仅就我"以辞为主"的断章取义来说，则在中国传统文学创造的过程中，以炼字为最后的工夫，为最难的工夫，作这种看法的，古今并非一人，早成为一种常识。则由文章的法则性升为辞句的锻炼，又能说是"越炼越粗，越升越低"吗？虞君连这种常识都没有，而视为非常可怪，我也觉得真是非常可怪了。虞君下面再说：

尤可怪者，他始终未把"体裁"与"题材"弄清楚，看原文十九页下半可知。

按"题材"即是题目，这大概不须要进一步的解释吧。我在原文十二页中说："低次元的形体，是由'语言文字的多少长短所排列'而成的，此即《文心雕龙·神思》篇所说的'文之制体，大小殊功'，例如诗之四言体、五言体……这便是一般所说的'体裁'或体制。"这种话我在原文中不止提到一次。看了我这种话，即使是聪明一点的初中学生，还能说我没有把题材与体裁弄清楚吗？至于我原文十九页的下半，是说明题材与体裁，及体裁与体貌的相互关系。就一般的情况说，题目大的，体裁便大，题目小的，体裁便小；而体裁的大小，也常形成不同的体貌，或要求有不同的体貌。所以我在分举例证之后，便分别点明地说："按此，正以题材之大小，决定体制（裁）之大小。"又说："但因其字数排列（体裁）之不同，而所要求的体貌亦异。"原文中，既有例证，又有说明，只要稍稍有阅读能力的人，是在哪一句哪一字上，找得出我没有把题材与体裁弄清楚呢？最后他说：

> 书中还有最妙的几句话，说什么文体有历史性的、普通性的之分；普通性的是一般的、内在的、理论的、体系的文体；历史性的文体，是个体的、外在的、实证的、具象的文体。这真是闻所未闻的高论。

按虞君不能懂上面的这一段话，那是毫不足责的；并且在五万多字的原文中，从他的批评能力看来，恐怕有十分之九他都不能懂。但在上面的一段话下面，分明注明着（注八），以说明我这一段话的出处；而注八的内容是"参阅冈崎义惠著《文艺学概论》二〇七至二一一页"。在常情上说，虞君要对此作批评，便应把注上所说的出处看了以后再动脑筋。岂有把我所注明的来源，置之不论，而即凭一时的直感，便下判断之理？不过，这里我也得负一分责任：因为原文中"普通"的"通"字，乃"遍"字之误。同时，我国在文体论方面的研究，可以说还未萌芽；对于这种进一步的分析，我应当多说几句。这只有在出单行本时再加以补充了。

五

我在学问上，本毫无成就。不过我希望能做到读书精密，用心深细；在写文章时于理于事，不说没有根据的话，不说没有经过思辨的话。为了自己，为了当前学术上的荒凉情形，我非常希望有比我读书更精密、用心更深细的先生们，来批评我，指教我。但是，如果既不肯读书，又不肯用头脑，而只凭学问以外的江湖技俩，要来和我争一日之短长；殊不知我写文章本来不是为了与这种人争一日之短长的。因此，这种人既不必胡来和我纠缠；万一要纠缠，也会使他大为失望的。

虞君对文学艺术的了解，通过他对我的这一连贯的纠缠来看，不仅使我深感意外，恐怕也会使平日与他很亲近的人非常吃惊吧。以他的学历及在大学教书的经历，为什么在学问上会弄得如此的惨呢？就他对我的纠缠中，倒可以了解两点：第一，"教员"之与"教授"，不过是由契约所约定的一种名种，它是一种客观的存在。在我读了他对我纠缠的三次大文以后，发现他既喜欢说谎话，而对书本又好望文生义，他的确不适于教学生的行业。但我依然承认他是台湾大学的教授，因为台湾大学给他的是教授的聘书，这不能由我对他的价值判断而加以改变，这是一个人所应保持的起码的客观精神，也是一个读书、做人、做事所必须具备的起码条件；否则如何能向客观存在中吸收为自己所没有的东西，又如何能使人相信由自己口里所说出去的话呢？虞君有求于我的时候，来信称"徐教授复观"。此次因为我公开答复了他对我所提出的问题，我的"教授"名称，忽然被他改成"教员"了。试问："教授"或"教员"，对我有何荣辱关系？但我在东海大学到底是"教授"或是"教员"，不是虞君的好恶所能改变的，也和我不能改变他在台大的聘书一样。对于这种毫无问题，也毫无关系的客观事实，而可以在虞君口里随便加以改变，他的这种毫无客观精神的心理状态，当然读不进书去，当然使他不断地说谎，而又不觉其为说谎了。第二，他这次据他自称是"心平气和"来向我谈的；但在这短短一千字不到的"心平气和"的大文中，试将他骂人的字句，略加统计，则从标题的"失言"起，计有"没有勇气"、"大放厥词"、"淆乱听闻"、"乱扯"、"不可与之言"、"在此失言一次了"、"自吹自捧"、"无根据的胡说"、"完全是念念不忘五色旗的准义和团思想在作祟"、"表面上曲解"、"这真教稍懂美学 ABC 的人笑掉了牙齿"、"强不知以为知的妄人妄说"、"牵强附会"、"梦话"、"岂不可怪"、"尤可怪者"等等。他在心平气和时尚且如此，可见他的头脑从来没有冷静过，这如何能读得进书呢？我之所以顺便提出他这两点，是希望凡是有志于学的青年，都应以此为大戒！至于虞君说他还有一万多字批评我的文章在《文星》杂志上发表，那便恕我不再奉陪了。我答复了他第一次向我提出的问题，并向他提出了反问，他却一字不答，而只来一次人身攻击（以上具见《民主评论》十二卷二十三期）。这次我又答复了虞君并向虞君反问了。我的答复和反问，是针锋相对，明白而具体；虞君最好也针对我此文来一个针锋相对的答复，以证明自己的话，不是谎言与望文生义，那我便可以再答复。否则在我的一百多万字的著作中，他随意用"谩骂"、"乱扯"、"谎言"的方式纠缠下去，那还有止境吗？辩驳一句他人所说的乱扯或谎言，常须费上十倍以上的字句。所以我即以此文为对虞君所作的答复之例，以再一度证明虞君是如何的无知与好说谎。今后不再浪费笔墨下去了。最后我得沉痛地向虞君说一句："虞教授！你在这一次对我的纠缠中，有关自己的品格与学问上的自我暴露，大概也相当够受了吧！"

六一年十二月二十五日灯下

一九六二年一月十六日《民主评论》第十三卷第二期

文体观念的复活
——再答虞君质教授

　　台湾大学虞君质教授在《作品》三卷一期发表了一篇长万多字的"对于徐复观艺术观念的批评"，副标题"兼论徐复观的品格与风格"一文，本来我的学生劝我不必答复，所以我也不曾看它。后来又有朋友劝我，"你可以不理他所作的人身攻击，但他提到文体的地方，还是答复一下的好"。于是我又把那篇大文找来看看，看完后，我倒不以他的大文中十分之九是下流的人身攻击为奇；使我惊奇的是，十分之一的正式批评中，却只引用了我一句原文，而这句原文，正和他过去一样，用当面说谎的方式故意加以歪曲。这种只有在今日的台湾才能出现的现象，实在可以不用答复。并且我在《民主评论》十三卷二期《答虞君质教授》一文中，已详细把他说谎和抵赖的情形，逐一说得清清楚楚了。但他在他的大文后面却说"关于徐复观的资料尚多，他要再作狂论，我打算同他一直辩下去"，这是任何情报人员所不曾拿来威胁过我的口气，而我平生是从来不接受这类威胁的。所以我又只好再一次面对这种纠缠、威胁。他的大文共分四段，其中正面提到文体问题的，只有"一、徐复观的文体论"这一段中的一部分。对于这一部分，我采用完全答复的方式。但已经答复过的则从略。关于其他抵赖骂街的部分，只略为提到一点。

虞君说准备和我一直辩下去，我顺此告诉虞君，只要是稍微值得答复的，我也会一直答复下去，让虞君把从上海四马路及台北万华区的街头巷尾所学来的骂人语汇用完。并准备将两方的文章，将来汇印成册，为他尽一番义务宣传。

一

文体的观念，在研究文学理论和技巧方面，是居于中心、统摄的地位。此一观念，在我国六朝时，一般作者及批评家，都把握得非常清楚；而刘彦和的《文心雕龙》，更是一部深入而完整的文体论。但随唐代的古文运动的发展，却渐渐模糊起来了。不过，凡是提到文体时，依然是保持它原有的意义。"文体"一词，古人常常只称一个"体"字，也和"文章"一词，常常只称一个"文"字一样。"体"字的含义，本来所包者广，容易引起混淆。加以到了明代，却把以艺术的形象性为主的文体观念，误解为以"文章题材作标准"所作的文章分类；并由此一误解而选印了几部大书，如《文章辨体》、《文体明辨》之类，他们此处所说的"文体"，按明以前的观念，实际只是"分类"。因此凡是谈到文体的人，都当作文章分类去了解；并由此而倒上去，也以分类去解释古人之所谓文体。这便不仅曲解了《文心雕龙》，并且也常常忽视、曲解了古人许许多多谈到文学理论和技巧方面的意见。因文体观念的模糊及误解，所以自唐以后谈到文学理论的，常忽视了它的艺术性的一面，这在散文方面，表现得最清楚。而谈到技巧时，又常是含混、零星、片断的东西。我写《〈文心雕龙〉的文体论》一文，要复活此一传统的"文体"观念，因而为研究《文心雕龙》及传统文学理论的人开辟出一条大路；并进而通中西文学理论、技巧之邮。自明代及今，凡是谈到《文心雕龙》，乃至其他有关典籍的人，涉及此一基本问题时，无不错误。有位很可敬佩的朋友，看到拙文中谈到曹丕《典论·论文》里面与文体有关的几句话，曾向我说，"《文心雕龙》我不曾研究，但难道我们对《典论·论文》的解释也都错了？"我当时笑笑，"恐怕是都错了"。近几十年来，有人对《文心雕龙》做了很可宝贵的校勘，及考典的工作；但真正对它的理论结构作有系统的研究，只好说是从我这篇文章开始。几百年来许多大家名家所犯的共同错误，我一旦提出加以总的澄清，这在习性上，总不免难于了解、接受。但只要对于学术有诚意，而又肯虚心研究的人，便不能不承认这一点。

在日本学术界，关于此一问题，却有一个很有趣的现象。凡是研究中国文学史的人，乃至一般的汉学家，把由唐代所传过去的文体观念，都随明人的错误而错误了；除了我在《〈文心雕龙〉的文体论》中所指陈者外，诸桥辙次氏所编著的《大汉和辞典》第五卷五八七页"文体"条下，也犯了同样的混乱。他的解释是"（一）文章的体裁"，这句话只是说得不周衍，但并不算错，因为文体是把体裁也包括在内的。可是仅就文体中的体裁而论，也和文章的分类不同；例如，同是赋的"体裁"，《文选》便因其题材之不同而分为京都、郊祀、耕籍、畋猎、纪行、游览、宫殿等等的"类"；所以昭明太子的《文选》序说"诗赋'体'既不一，又以'类分'"，即是说在同一"体裁"之中，又因题材的不同而分为不同的"类"。这是文选楼诸人用了一番心血所作的区分。但姚姬传因为不了解此一分别，所以在《古文辞类纂》序目的"辞赋"项下对此加以批评说："昭明太子《文选》分体琐碎，其立名多可笑者。后之编集者，或不知其陋而仍之。"姚氏所说的"分体"，实际是昭明太子所说的"又以类分"的分类。姚氏可以说是"不知其陋而改之"了。而诸桥氏在"文体"条下接着"文章的体裁"的下面，便完全谈的是文章的分类。再接着又引了一些《晋书》等中的"文体"的名词，而不知这更与文章的分类不相干；这种混乱，本是其来已久，不应以此责难诸桥氏一人的。

不过日本凡是专门研究文学的人，尤其是研究西洋文学的人，则对文体一词的观念，却了解得清清楚楚；并且凡是遇到西方文学著作中 style 一词时，除了用音译者外，绝对多数，即以"文体"一词译之。因 style 一词扩大使用到一般艺术中去，所以近年来有人意译为"样式"；样式与文体的"体"（形体、形象、形式），基本意义完全相同。遇着 stylistics 一词时，便毫无例外地，一律译为"文体论"。不仅如此，由研究文学者所编的辞典，对于"文体"一词所下的解释，亦无不与中国文体原有的观念相合。例如《日本文学大辞典》第六卷七二页"文体"条下，"文章由其用语如何、修辞如何、内容如何、作者个性如何，而生出种种文体……"这里没有一点含混。《世界文艺辞典》"日本东洋篇"四七〇页"文体"条下，及《大百科事典》二十三册四七页"文体"条下，则皆注明 style，所作的解释，也与前相同。一九五四年研究社所出的《世界文学辞典》一〇五六页 A "样式"条下，先注明 style，stil，而说明，它有广狭二义；再接着说："它的原语 stilus 是指笔记用的金属制尖笔，一转而为文章的写法，含有文体的意味；在诗学、修辞学，尤其是在文体论中，自古以来，即是这种用法……"又在同辞典八九七页 B 有两条"文体论"，前一条是指的二世纪时不能断定作者的一部著作；后一条是对文体论所作的简单解释。

所有这些人，谈到"文体"或使用"文体"一词时，并没有提到这是由日本和尚遍照金刚于唐时游学中国，返国后著有《文镜秘府论》（中有《论体》篇）一书，从中国所介绍过去的观念，更不会想到《文心雕龙》。

我之所以留心到这一问题，是十年前在台中旧书铺偶然看到一本小林英夫著的《文体论的建设》，以好奇的心理买下来，看完之后，才知道日本当时（昭和十五至二十年前后），对此一问题，有些人作过专题的研究，并发生许多争论。接着，便留心收买到小林英夫的《文体论的美学基础》、山本忠雄的《文体论研究》及《文体论》、武吉好孝的《文体论序说》。通过他们的著作，知道这也正是西方文学中常常作为文学专题研究的问题。他们里面所谈的，当然都是根据西方的文学乃至美学的理论；所分析的作品，多是日本现代的小说。再留心看一般文学理论的书，几乎没有不重视此一问题的。虽然中间没有一部谈到中国的文学，但我当时想，在这些书里面，也同样提示了中国传统文学中的问题。等到我在东海大学决心开《文心雕龙》专书时，在准备期中，才恍然大悟，文体的观念，是由中国传到日本；而《文心雕龙》，即是中国一部古典性的文体论，其内容比西方的文体论，发达得早一千多年；并且在若干最基本的地方，比西方的文学家把握得更为深切。我便感到应当对《文心雕龙》，加以重新发现。可惜我的研究重心，是放在中国哲学思想史方面，所以除了《〈文心雕龙〉的文体论》一文以外，还有几篇应写的文章，一直延搁下来。

中国近几十年来，以"风格"一词译 style，本无不可；因为每一名词的内容，都是由人加以规定，而不断演变的。但我们第一应当了解，现时所流行的"风格"的观念，是等于明以前的"文体"的观念，但与过去的所谓"风格"，并不相当；过去原有意义的"文体"观念，与以前的"风格"的观念，在逻辑上是 A（文体）> B（风格）的关系。尤不可以此来混淆《文心雕龙》中仅出现过一次的"风格"一词。这在我拙文第九页，有较详细的说明。第二，应当了解今日之所谓"风格"，乃是指文学、艺术作品中所给与读者、观者的各种气氛、情调，相当于《文心雕龙》之所谓"体貌"。这种气氛、情调，乃是由作品的形象、形式、样式或形态（上面几个名词的意义都大体相同，实以"形象"一词为最妥）升华上去的。离开了文学的艺术形象，便无所谓气氛、情调。所以"形象"才是对艺术的最基本规定。"文体"之"体"，正表明了这种"形象性"。而现时所用的"风格"一词，却不易把"形象性"表达出来，使初学者不易把握其意义。

上面的话，算是作为虞君大文中"听人家说英法语言中有个 style 这个字可以翻作文体的，于是他把西洋的 style 同中国的文体扯上了近亲，牵强附会地论了下去！"这类话的概括的答复。非常可惜，在虞君这类诬赖、谩骂，而又矛盾的许多语句中，却找不出半句证明我的原文在什么地方是牵强附会的。关心的人士，希望两相对照，这里不录他的全文，以节省篇幅。

二

以下，再看虞君对我的《〈文心雕龙〉的文体论》的具体批评。为了加按语辨正方便起见，我只好再一次提到我是先用归纳，再用分析、综合的方法，得出《文心雕龙》中之所谓"文体"，实包含"体裁"、"体要"、"体貌"三个方面，亦可说是三个次元的意义。有时的"体"字，是文体观念的"全称"；有时则仅系指文体中的某一方面，即仅系"偏称"。这是古人用词的惯例，只有看上下文才能决定。我原文"二、文体三个方面的意义及其达到自觉之过程"一整章，即是解决这一问题，每句话都有《文心雕龙》原典的材料作根据。假定说我的说法不对，则只有拿《文心雕龙》原典的材料来作相反的证明。但虞君因为太缺少文学与艺术的常识了，弄不清楚这三个观念的分别及其内在的关连；对于这，既无法否定，又不甘心承认，于是除了悬空的谩骂外，却拿我来作一比喻地说："文章可以比作徐复观本人，体裁是他的教员的身份，体要是他冒充学者的种种设计，体貌则是乱写文章以图哗众取宠。"我可以容忍虞君这种侮辱性的比喻，但在他的比喻中，可以了解他对文体观念是如何的无常识！若以人作比喻，则文章是某人，"体裁"是某人长短肥瘦的身体，及穿的按照长短肥瘦所做的衣服，体裁之"裁"，即由裁制衣服的意义而转用；"体要"是某人的思想性情；"体貌"是某人的风姿态度，亦即《世说新语》中所说的"容止"。三者合起来成为某人完整的形体。

下面再看虞君的具体批评，我只采用略加按语的方法：

《文心雕龙》谈到"体"的地方很多，今略举几条人所共喻的列下：

一、《征圣》篇"或明理以立体，或隐义以藏用"，这个体是用的相对名言，不是指风格或文体。

按首先声明一点，凡谈到《文心雕龙》时，便不应搅入"风格"的名词。所以虞君凡用到"风格"一词时，皆应涂掉。其次，

《文心雕龙》的《征圣》、《宗经》两篇，都总论五经；但它和一般总论五经的不同之点是，一般总论五经的重点在内容，而《文心雕龙》则主要是从表现内容的形式来讲，即是从五经的文体方面来讲，以为尔后的文体求根据。《征圣》篇的"或简言以达旨，或博文以该情，或明理以立体，或隐义以藏用"，都说的是表达内容的形式，即说的是文体。所以总结以"故知繁略殊形（有或繁或略的两种表达不同的形式），隐显异术（有或隐或显的两种表达的不同方法。《文心雕龙》上凡所谓'术'，皆指形成文体之方法而言）"。"明理以立体"，是就《易》的表现方法而言；此一整句话，可以说是指的《易》的文体的"显"的一方面；但此句中的"体"字，却指的是《易》的"卦象"，而不是指的文体，此观念他以《夬》、《离》两卦来作例证而可知。《文心雕龙》中，凡切就文章本身而言"体"，即指的是文体。若切就文章以外的东西而言"体"，当然指的不是文体；因为"体"字的用途很广，而文体之"体"，本是由借用而来的。"隐义以藏用"，是指《易》的文体的"隐"的一面，及《春秋》以"微辞"作表现的方式而言。"体"、"用"对称，乃是指"一个事物"的本体与由本体所发生的作用而言，例如电灯的电是体，光是电的用。这要到隋唐之际佛教中的天台、华严两宗，才提出此一观念。《文心雕龙》此处，指的是《易》与《春秋》，而不是一个事物；所以此处之体用，不可望文生义地去附会。

　　二、同上篇"《书》云辞尚体要，弗惟美好"（按原文系"弗惟好异"），这个体见于《书·毕命》……（引蔡《传》）就是旨趣完备，则能达意明理的意思，也不是指风格或文体。

按《毕命》篇中的体要，有三种解释，但不可以引蔡《传》，因为刘彦和无法看到蔡《传》（蔡沈是南宋时人）。且刘彦和对"体要"自有解释，即《序志》篇之所谓"辞训之异，宜体于要"。"体要"是文体三方面中之一方面，并且它自身也可以自成一文体（俱见拙著原文十七至二三页），所以体要正是文体观念之"偏称"。如前所述，古人常是"偏称"、"全称"不别。

三、《宗经》篇"礼以立体"，"立体"另本下有"宏用"二字，此体也是用之对，也不是指风格或文体。

按此处系切就礼而言，所以此处之"体"字，指的是"行为的形式"，而不是指的文章的形式。我在什么地方说过这是文体之体。但若了解义是礼的内容，而礼是义的形式（《论语》"义以为质，礼以行之"），便知在"礼以立体"之下，决不能加上"宏用"二字，而虞君又在这里干起"体"、"用"望文生义的把戏来了。

四、同上篇"文能宗经，体有六义"，此体是经文之体。所谓六义，一是情深而不诡，二是风清而不杂，三是事信而不诞，四是义真而不回，五是体约而不芜，六是文丽而不淫。六义中前二义乃指感情方面，中二义乃指理智方面，后二义乃指写作技巧方面。总之也并非全指风格或文体。

按"体有六义"，是由"文能宗经"一句而来；故此处之"体"，乃指"文能宗经"者在文体方面可以得到六种好的文体，如何可以说这是"经文之体"？经文自身之体，在上文《易》惟谈天"一大段中已说过了。其次所谓六义，一、三、四，是指文体表现的效果；二、五、六，是直接指的三种文体。文体问题常可以从这两方面谈。因此，六义即是六种好的文体。"风清而不杂"，是指的什么感情？离开了文体，有什么写作技巧（见拙文三九页）？虞君太没有阅读能力，难怪观念如此混乱。

五、《辨骚》篇"故其陈尧舜之耿介，称汤武之祗敬，典诰之体也"。这个体乃指体裁，不指风格或文体。

按体裁乃文体之偏称，不可谓非文体。并且此处之"体"，乃指全称之文体而言，并非仅指体裁。因"体裁"是由文字排列的形式而来，《离骚》只有一种排列的形式，其中并找不出与典诰相似的排列形式。所以这里所指的决不止于体裁。《体性》篇"典雅者镕式经诰，方轨儒门者也"；《通变》篇"矫讹翻浅，还宗经诰"；所以《辨骚》篇的"典诰之体"，实际是说《离骚》中含有"典雅"的文体。

六、《乐府》篇"延年以曼声协律，朱、马以骚体制歌"，这个体应是体制或体裁之体，不是风格或文体。

按体裁正是文体的偏称。后面虞君所提的"八"、"十三"，皆犯同样错误，并此纠正，不另录。

七、同上篇"诗为乐心，声为乐体"，这体是心之对，心是内容，体是形式，不是风格或文体。

按此处是说音乐，而不是说文章，此体当然不是文体。但此"体"是指音乐的"艺术形象"则一。

九、《颂赞》篇有变体、谬体、讹体之说，各指体裁或体制，不指风格或文体。何况下文尚有"古来篇体，促而不广……"云云，可以证明。

按刘彦和要求文体必与其所含之内容相适应。无内容或与应有之内容不相适应者，便称之为谬体、讹体，即是不正当的文体。伪体、讹体与其性质相反的"雅制"、"正体"，在体裁上可以毫无分别。有如一首歌功颂德的诗，和一首出自性情的诗，可谓一伪一真；但在体裁方面，却可以完全相同（或同为七言，或同为五言等）。变体是指颂的文体自身之演变，此在《颂赞》篇本文以及全书都可以证明的。所以上述的三个"体"，都是文体的全称，而不能说是体裁之体。至"古来篇体，促而不广"，这是就赞来说的；此处之"体"，倒是体裁之体，此观下文"必结言于四字之句"而即可明了。说赞的原有体裁（古来篇体），如何可以跳到前面去为颂的变体、谬体、讹体的全称之体作证呢？这未免太可笑了。

十、《铭箴》篇"体义备焉"，及"义正体芜"之体，均是义之对，应指形式或体裁。

按文体观念的成立及其特别意义，正是指其"作为艺术表现的形象性"（拙原文一页）而言。所谓"形象性"，亦即是"形式"，亦即是日人所用的"样式"。这在我的原文中到处都有说明。"体义备焉"是说"形式与内容都很完备"，"义正体芜"是说"内容正当而表现的形式芜杂"；所以这两个体字，都是文体的全称。原来虞君尚不知道"形象"、"形式"、"样式"，都是文体一词的基本意义，亦即是 style 的基本意义，他的美学是怎样教的呢？

十一、《哀吊》篇"体旧而趣新"，即在旧形式中赋以新的内容。此体是体裁形式，与风格、文体无关。

按已详如上说。

十二、《练字》篇"斯乃言语之体貌……"此体貌之体，可作言语风格解。

按站在《文心雕龙》的立场，体貌不能作风格解释。见拙文九页。

十四、《体性》篇"若总其归途，数穷八体……"可作风格或文体解。

按此处虞君无异说。看了上面十四条，虞君对我的《〈文心雕龙〉的文体论》，到底是批评哪一点呢？要看他下面一段话才能明了：

其他各篇谈到体的地方，实在举不胜举。但因篇幅关系，随手拈来，写到此处为止，不再举例了。徐君指出《文心雕龙》的文体有三方面的意义，就是体裁、体要、体貌。而以体貌是文体的升华，是一个高次元的形象。并且进一步说："《文心雕龙》文章中所说的体，多半是体貌之体。"（按此是虞君全文中唯一用引号引用我原文的一句。但我的原文十四页中曾说体貌"在《文心雕龙》的文体论中，占有极重要的地位"，十七页中曾说"在彦和当时，一般人谈到文体的，多是就体貌之体而言。但彦和则于体貌之外，又提出体要之体……"我不知道虞君为什么对这类句子要作当面说谎式的引用！）也多半是指风格的最高境界。证之上述各例，是否全是他之所谓体貌，不待智者而后明。

　　按原来虞君的十四条，对我的批评目的，就在"是否全是他之所谓体貌"的这一点。即使照虞君对拙文所作的说谎式的引用，则我也只说"多半是"，这实际是一种"特称命题"；而虞君所说的"是否全是……"的"全是"，乃是"全称命题"。虞君既以此处之全称命题为错，亦即可能证明前面的特称命题为对；最低限度，也不能由全称命题之错，以证明特称命题之错。虞君连这种逻辑常识也没有，却大教其逻辑，我们的大学教育，真是妙不可言了。

　　又虞君一再问我，说我以文体有普遍性的与历史性的之分，是"一种怪论"；其实，这只要对美学稍有常识，而又肯细看我的原文，还会矜矜得意地一问再问吗？随便拿文体中的壮丽体为例吧，就壮丽的本身说，凡是古今中外属于壮丽的艺术形象即皆含于此观念之内，而不受时间空间的限制，所以称之为普遍的、一般的。而这种普遍的壮丽的形象，是纯就美学自身来规定的，不参加美学、文学以外的因素到里面去，所以说是内在的。但这种普遍性的文体，只是理论上的存在，所以又说是理论的。有如，"人"是一个普遍性的观念，它可以包含古今中外男女老幼；但这也只是理论上的存在，现实中并没有这种普遍性的人，所以凡是就人的观念所作的规定，都是普遍性、理论性的规定。《文心雕龙》卷下自《神思》以至《总术》，凡是谈到文体及形成文体之术的，都是普遍性、理论性的文体论。但普遍性的文体，须通过作品而实现。每一作品，皆系出现于特定时间之中，所以就"作品"而言文体，可以称之为历史的文体。在实现时，必加上纯文学以外的时代、社会、题材、个性等等的因素到里面去，因为这些因素是在"纯文学"之外的，所以可称为外在的。因为作品是出现于现实之中，所以又说是实证的、具象的。《文心雕龙》卷下所研究的普遍性的文体论，皆实现于卷中自《明诗》篇以下的各文类之中；而每一文类里的作品都是在历史中出现，渗和了历史各种因素，因之每一作品中，皆含有普遍性与特殊性的因素，所以卷中所谈的是历史性的文体论。李德（H. E. Read）说："一个时代的艺术，能知道有普遍形态的诸要素，与一时（即是历史的）的表现诸要素，而将其加以区别，才能得出一种标准。"（日译《艺术之意味》十八页）这完全是同样的意思。虞君还觉得是怪论吗？

三

以上把虞君"一、徐复观的文体论"中，对我所提出的批评，可以说都很具体地答复了！在虞君的上述批评中，可以看出：

（一）虞君对文学及艺术的"形象性"的意义，完全不了解；因此对于文体一词所含的三方面的意义，如前所述，既无法否认，又不甘心承认，所以越说越糊涂，不知道他是抓住我的哪一点错处来批评？

（二）他说他对《文心雕龙》，"知道得比他（我）多"，可是在他所引的原典中，十有七八的句子，他都不能了解。

（三）他缺少起码的逻辑训练，所以不能发现自己所说的语句中最明显的矛盾。（可以举出许多例子来，因文长，略去。）

（四）因为他根本不知道自己所谈的问题是什么，所以他提出的十四点问难，实际都在为拙文的正确性作证明。

（五）因为他既不了解问题，当然没有办法在我五万多字的文章中，找出一点间隙，所以只好在《新生报》的《失言》的大文中，主要出之以说谎（见《民主评论》十三卷二期《答虞君质教授》）；而在此文中则完全出之以诬赖和谩骂。此文的"二"、"三"、"四"三段，完全是出之以悬空的诬赖与谩骂，固不待说；即此段是以批评为主的文章中，略举他谩骂的词句计有"精神上的自居作用"、"有失教员风度"、"毫无勇气面对现实"、"精神病学家所谓逃避现实的弹震病"、"疯狂的谬论"、"原始反应"、"言论久已失掉了人类社会语言的可靠性与可信性"、"公认为是百分之百的妄人"、"疯癫者"、"精神失常的人"、"冒充学者"、"令人喷饭"、"怪论"、"写怪理论的"等。难道说虞君以为这类下流的话，便可以代替学问吗？我对于虞君所说的许多诬赖的话，本是采取不必计较的态度；但虞君却因此而越说越得意。例如他要我和他学四川袍哥的方式去吃"讲茶"，我没有理会，他却再三说我"没勇气"。我在东海大学开中国哲学思想史，开《文心雕龙》、《史记》及《老子》、《庄子》的专书，另外还有一门"论孟"；他到这里来兼过课，在我家里吃过饭，难说不知道？却每次都称"东海大学国文教员徐……"以为这样就可以贬低我的身价，其实，教国文不是一件很重大的工作吗？虞君问我凭什么资格在大学教书，我不是发表过一篇《我的教书生活》及《我的读书生活》的文章，说得清清楚楚吗？在我一生的出处大节中，没有什么不可告人之隐。现在我倒要向虞君反提出几点问题，请虞君指教：

（一）在虞君两次批评我的《〈文心雕龙〉的文体论》中，除了"五色"、"三色"一点以外，为什么在五万多字的文章中再找不出一毫间隙？连找一个可以值得争论的问题的能力也没有？

（二）虞君说我不懂英文，不懂西方学问，这本是真的。但我可以告诉虞君，我手上所保持的由日人所译出的西方名著，可以与今日台湾任何专门研究西方学问的人所保持的比配；对于我自己所需要了解的材料，我都有根据地把它说清楚，什么地方用错了，欢迎虞君指出来。用作儿女教养之资的《现代美术全集》，却有二十八册，内中从原始艺术收罗到一九五四年，这恐怕也不是虞君可以随时亲近的材料。虞君对精神分析学、抽象艺术等问题，起码的常识也没有。虞君说，"潜意识另一学术译名是不自觉"，假定真有这种译名，便未免太滑稽了。自觉（self-consciousness）是意识中更高一层的意识。"百姓日用而不知"，此处之"不知"即是不自觉；但这只是缺少了高一层的意识作用，并非缺少普通的意识活动；即是百姓不能在"潜意识"状态下来"日用"。所以潜意识的英文是 subconsciousness，而不自觉只好写作 not-self-conscious 或 lack of self-consciousness。学术上的名词，可以随便变戏法吗？虞君又质问我："你能用什么方法让不自觉的东西从深层心理（按此即潜意识）出现？你若有此能力，岂不成了神怪小说上的妖僧怪道？"按弗洛伊德是通过人的梦，及"自由联想法"而使其出现；现代深层心理的艺术，是不使意识去抑压干涉潜意识，并由意识对潜意识提供一种"帮闲性"的作用，而使之具象化。谈到这种地方，不是虞君的程度所能了解的。虞君还是用在谩骂的词句后面，加上一个英文的方法来表示自己的西方学问最为妥当。

（三）虞君批评我的《〈文心雕龙〉的文体论》，却称为"徐复观的文体论"，在虞君的批评中有什么地方曾证明过我对《文心雕龙》的疏释，有与原文原义不合的地方，因而认为我所说的不是属于刘彦和而是属于我自己的呢？虞君说我的标题有语意上的问题，要怎样标法，才没有语意上的问题呢？虞君对谢赫六法加以解释，顶了不起也只能称为"六法新释"，却称为"六法新论"，这才没有语意上的问题吗？

（四）在虞君的大文中，有什么地方证明出拙文对"有关文体的概念没有一个通盘的解释"？就《文心雕龙》而言，遗漏了文体概念的哪一方面的意义？

（五）虞君说台湾大学中文系主任台静农先生在《文心雕龙》方面的造诣，"就够徐复观从他学习一辈子的"。台先生是我很尊敬的朋友，不过，台大中文系似乎没有开《文心雕龙》的课；最低限度，台先生不曾开过。虞君是在什么地方、什么时候，得到台先生的"单传秘授",而知道台先生可以教我一辈子呢？虞君以六十岁左右的老丑之身，还要学歌舞明星向客人抛媚眼、送飞吻的勾当；纵使虞君自己不觉得难过，却难为了逢上这种媚眼飞吻的客人了。

（六）经过我的《现代艺术的归趋》一文的转载，及两次补充说明，只要虞君稍有理智与品格，还能说出"滥给从事现代艺术的青年们加红帽子的恶行"吗？虞君用这种栽诬的方法，想由此而激动、牢笼若干青年人，得到保护，也未免把现代的青年估计太低了。

（七）虞君说我"找些死了的人，或陷身匪区的活人作武断的谩骂，如说刘大杰脑筋混乱、一无所知等"。按我是据事理以批评前人或他人有代表性的错误，借使我所提出的问题得到澄清。假使是孔子错了，也得加以批评，没有这类的批评，便是没有新意见，又何必写文章呢？我是在什么地方，有像虞君那种悬空的下流的谩骂呢？因为刘大杰说《文心雕龙》是"极其含混，极其混乱"，而实则他对此本是一无所知，所以我便说他是"以自己头脑的含混、混乱，说成原典的含混、混乱"。虞君若要为他们打抱不平，只有为他们提出反驳我的有力证据。学术上是不能像太保学生样，凭空讲义气的。

（八）虞君说我"以基督教大学教员的身份而大骂基督教"，并说"我这里尚有你的信可以作证"。我对宗教的态度，两个月前，东海大学的校牧曾请我以"一个中国的人文主义者所了解的当前宗教问题"为题作过一次公开讲演，讲词并刊出于东海大学的宗教性刊物《葡萄园》。我一贯是以儒家的立场来看宗教问题，还用得上虞君告密吗？在我的记忆中，因虞君来信要我推荐他到东大教书，我实在没有办法，只好回了一封很恳切的信，说教会学校有教会学校的困难、缺点，不如外人想象之好，想以此求得虞君的谅解。虞君现既以此作告密之资，便尽可把我的原信影印出来。抄录的不算数，因虞君喜欢说谎。

（九）虞君提到我骂过胡适、毛子水两位先生，那是真的。但虞君记得自己到东海大学来和我拉交情时，向我骂过哪些人吗？我是为了中国文化，你是为了什么？还要我说穿吗？你公开挑拨我和梁容若先生的关系，这是稍有人格的人所能干的事吗？

（十）虞君一再地说我到台北"享尽无边风月"，"远跑台北实证声色之娱"，是凭什么证据，凭什么资格，敢作这种毁谤？希望交代清楚。

我看到虞君的《六法新论》大文中对"气韵生动"的解释时，知道他对中国绘画毫无了解，但从来连口头上也不曾批评到他。及他主动地纠缠到我身上来时，我也只轻微带一笔，不肯作进一步的批评。因为第一，他是专靠这行吃饭的，我犯不着去凿穿他。第二，这类问题，应当让专家去谈；我不过是在茶余饭后，偶尔涉猎到此，不应轻易下笔。但虞君却公开表示所有中国千余年来的画家、鉴赏家对气韵生动的解释都不对，只有他以西画中的"节奏"来解释才是对的，并问我"懂不懂节奏为何物"。我便可以借此预先告诉虞君，我将另写一篇《气韵生动试释》的文章，附带说到虞君对中西绘画，都是恍兮惚兮地耍江湖把戏，并对有关的重要文献的句读也弄不清楚。我不会像虞君样，悬空地漫骂，而是要以事实作确切证明的。虞君等着吧！

一九六二年二月十六日《民主评论》第十三卷第四期

弗洛伊德对现代文学的影响

一

弗洛伊德（Freud）的精神分析学，在心理学的范围内，已经有不少的修正；大概现时的心理学家，只会把他当作一位深层心理的启发者，恐怕没有一个人会完全承认他所得出的结论。但对于在心理学的范围之外的一般文化而言，尤其是在作为人自身表现的文学艺术而言，则不追溯到弗洛伊德的精神分析学，便对当前文学艺术的趋向，几乎无法作合理的解释。而且这种趋势，正在方兴未艾。这是值得稍作探讨的。

弗洛伊德的精神分析学，把人的精神分成三个部分。在人的生命最内层的，是无意识界；它有如水面下的冰山，为人平时所不觉，但它却是一个最大的潜力量的存在。人的梦，是无意识的显露；在正常情形之下，人只有通过梦而可以与无意识界接触。

在无意识界的上层是意识界，亦称为"自我"。意识的活动，主要是将向上浮起的无意识，作与环境是否相适应的较量，而将其与环境冲突的，抑压下去，以维持社会生活的秩序。但这乃是利害上的较量，是属于功利的性质。在自我的上面，乃有所谓"超我"，即一般所说的良心，这乃伦理道德之所自出。意识与无意识能保持调和的，是正常的人；失掉了调和而不断发生抑压与反抗的冲突的，便成病态。弗洛伊德氏上面的分析，与一般传统的观念，似乎并没有多大出入，然则他的问题是出在甚么地方呢？

二

首先，弗洛伊德所说的无意识，不仅是以性欲为其内容；而且他把性欲强调得太过，认为小孩子的吃奶、吮手指头，都是一种性的行为；由此类推下去，他构成了"唯性的人生观"。这不仅抹煞了人生其他方面的意义，而他的这种结论，只是由过分的推论而来的夸大的解释，不能算是真正的科学。

其次，弗洛伊德以为人生的幸福，第一为爱美。而美的魅力，都是性的第一属性。所以人的生活，及由生活所生出的文学艺术的作品，都是性欲采取某种转型而加以升华的。例如文艺复兴时代的大画家利俄阿托所画的女人像，完全是纯洁的，并看不出有一点性的气氛；而在利俄阿托的遗稿中，很明白地拒绝了一切属于性方面的东西。但在弗洛伊德看起来，认为他依然是受有变态性欲的影响。这样一来，便形成了他的"唯性的文化观"。

还有，弗洛伊德虽然承认在无意识界之上，有意识的自我，及良心的超我；但在他的排列顺序上，无意识界才是一个人的生命的根源；而意识、良心，都是漂浮在生命之上，不足轻重的东西。并且他用"自由联想"的方法，把一个神经病人受了抑压的无意识界，解放出来，成为精神治疗上的重要方法；则任何人的无意识界的解放，为甚么又不算是人的生命力的解放？为甚么这种生命力的解放，不算是使人得到了不受抑制的更为自由之姿呢？

弗洛伊德本是以病理的变态，作为了解人生奥秘的锁钥的。他的思想能向文化方面广泛地浸透，大概在这种地方可以找出它的理由、经络。

三

直接受精神分析学影响的小说家，首先应当数詹姆士·乔易斯（James Joyce）。他读尽了弗洛伊德的著作，而加以消化，*Ulysses* 是他的代表作。他在此一小说中，采取"意识流"的内心独白的形式，成为第一次大战后心理主义文学的代表。罗伦斯（D. H. Lawrence）也非常受弗洛伊德的影响，他写下了《查泰来夫人的爱人》、《儿子与爱人》等小说，以讴歌无意识的性欲，激烈反抗由因袭而来的文化，描写原始的健康性的胜利。

在上述两人以外，直接间接受了弗洛伊德影响的文学家、艺术家，不可胜数。但这也并非说弗洛伊德学说的自身，真有这大的魔力；而实在更有文学自身的问题及时代的问题，作其强大的背景，因而因缘时会，大家便不知不觉地都在时代的十字路口上碰上了面。

从文学自身上说，想把潜伏在人的内心深处，平时不为人所注意的东西，明白地表现出来；或者抓下世人伪善的假面具，而暴露其披毛戴角的原身，这是文学家亘古以来所共同努力的方向之一。精神分析学的思想与方法，可以说是对人生暴露的一种技术。此种暴露技术，在医学上的临床效果，远不及给与于文学家的启发性为大，可以说是当然之事。

在文学的表现技巧方面来说，十九世纪欧洲的自然主义的文学，其描写的手法，到了福罗贝尔（G. Flaubert），可说已经达到了极致，也可说已经成了定型。要从这种定型的停滞中逃脱出来，以另开新境，这便是二十世纪初想在心理的、感情的、神秘的领域中，探索出为自然主义所不曾达到过的手法技巧的象征主义。当前感受弗洛伊德很大影响的心理主义的文学，从表现技巧上说，也可以算是象征主义探索工作的继续。

更重要的是，十九世纪以来，由资本主义的烂熟所暴露出来的资产阶级生活的腐烂，使敏感的文学家感到传统道德伦理的虚伪。而经过两次大战以后，更使人感到传统文化的脆弱，破坏的残酷；再加以面对人类随时可以完全毁灭的第三次大战的恐怖，于是人们除了沉透到自己的深层心理中去，以把握住一个原始而幽暗的内在生命，以为人生的实体以外，觉得更没有甚么值得相信的东西，更没有值得依恃的力量。弗洛伊德之所以成为这一悲剧时代的宠儿，在这里更可以找出他十分的理由了。

一九六二年四月十六日《人生》第二十三卷第十一期

泛论报纸小说

　　报纸以服务社会大众为目的，大众需要小说，所以小说便构成报纸中重要的部门。但报纸上到底需要怎样的小说？这是报纸的编者、作者、读者，都应当加以考虑、反省的问题。日本《朝日新闻》在本年三月十九、二十两天的第十二版，发表了三篇"期待于悬赏小说"的文章，正如石川达三所说，这是对于应选者的一种忠告或暗示，我觉得可以供大家的参考。

　　报社出很高的代价，并聘请对小说真正有研究的人作评判委员，以征选理想的小说，这一方面是为了宣传，而更主要的则是为了对大众的责任感、对文化的责任感。大众看小说，是为了娱乐。而娱乐乃是最自然、最富有浸透性的教育，许多文化上的东西，对人生常只发生局部的影响；而小说、艺术，若对社会、人生能发生影响，那便是整个的影响，因为它在无形中有种诱导、转移的力量。一个人人格的塑造，就一般人来说，尤其是就青少年来说，多由这种诱导、转移的作用而来。假定要通过报纸，而多尽点对大众在文化上的责任，则提高小说水准，乃是必须采取的措施。而日本第一流的报纸，多年以来，几乎不断地采取这种措施。

　　三月二十日川口松太郎《怎样使人快乐》的文章，完全是从作为新闻小说的技巧上着眼。新闻小说之所以特别难写，他认为在每天约一千二百字的发表字数中，总应装有可以使读者满足的东西。并且在完成以后，依然还要有文学的价值。主要的读者是家庭主妇，头三天看得没有趣味，第四天便不再看，这便影响到销路。他主张新闻小说应找出任何家庭中也会存在的极普遍的现象，掌握住使每一读者都可以引起共感的主题，这才是新闻小说成功的起点。

川口氏的文章，对问题也只算有起码的提出。三月十九日池岛信平的《希望个性的脊骨》的文章，似乎说得比较深刻一点。作者首先提到"吉川英治赏"第一回受赏时，作为评选委员中之一的丹羽文雄（现代日本名小说家）所发表的评选经过。丹羽氏先谈及过去"芥川赏"的评选。因为作者的水准已经提高了，选择很不容易；最后不以作品自身的趣味和写作的技巧作选择的基准，而以作者所能保有的新鲜感，及强烈的个性为基准。"吉川英治赏"的评选，则以题材的特异性和作者的坚强个性，能给读者以感动，作为入选的基准。

池岛氏接着指出日本战前的文学青年大约有五万人，战后大约有二十万人。各种作品虽多，但除了那些陈腔滥调的恋爱、战争的小说以外，在流行一时的推理小说中，看不出可以唤起"知的共感"的推理小说，也没有能唤起从内心发出哄笑的讽刺小说，并且也找不到温暖而锐敏的真正幽默小说。为什么写不出这种作品？

他认为这要通过一根脊骨，即是希望有强烈的个性浸透于作品之中，才可达到上述的要求。而他对个性的解释是"不是那样的人，便写不出那样的小说"。他更引十多年前坂晏吾对辻亮一的《异邦人》得"芥川赏"时说的下面的一段话，以作他文章的结论："像这样好的小说，不是辻亮一这样的个人，便不会写出的。辻君写了这一作品后，可能不会再写。然而这岂不是很好的事吗？因为小说便是这么的东西。"而辻亮一以后只过薪水阶级的生活，真的不曾再写什么。在三篇文章中，真正有分量的，恐怕要算石川达三的《新的发见与主张》；这从该报的编排看，大约也特别重视这篇文章。石川氏首先不很赞成新闻小说有什么不同于一般小说的特别创作技巧的说法。他认为作者不应当和新闻小说的大众性，及发表方法的特殊性相妥协。他认为大众并不喜欢谄媚他们的作品，而是希望看到由作者个性的强烈意志和主张，能唤起读者共感的作品。最低限度，"想迎合大众兴味的妥协意识，不过是一种堕落"。同时，作者固然要考虑到由每天发表的字数限度而来的技巧上的要求，但更应考虑到印成单行本后，还能成为一部首尾一致的完整小说，他"不很看重'报纸'这一事实，报纸不过是发表作品的地方"。作者"不是服务于报社，而是服务于读者。并且真正服务于读者的事，决不是与读者妥协的事"。他认为没有经验、基础、素养的人，不能写长篇小说。而写长篇小说"比基础、素养更重要的是明确的主题，即是想写什么、想说什么的这种事情。主题应当尽可能地是属于作者自己新的发见，为以前任何人所不曾写过、说过的"。他认为画家可以反复使用同样的技巧，而文艺创作必须是创造。要有新主张、新发见。"有发见，才可以执笔。"新发见又谈何容易呢？石川下面的话，更富于启发性。"小说，都是人与人的关系。一个恋爱，由某种看法是平凡的；但换一个角度，却是特殊。一个杀人事件，社会多认为是非常事件；但若更深入到当事者的内层去看，可能发现是意外的平凡而普遍的事情。这即是所谓 roman（长篇小说）。所谓 roman 者，我以为指的是从非常中发见出普遍的东西，从普遍事物中却发见出特殊性格的这种事。在主题中抓住这种发见而加以掌握，我觉得这在构成作品上是极大的要点。"

一九六三年四月十四日《华侨日报》

台北的文艺争论

一

一切文化中的争论，只要在正常的轨道内运行，都是有意义的。所谓正常的轨道，第一，不论谈哪一方面的问题，总应有立说的根据。第二，不可使文化问题以外的因素，介入到里面来。第三，争论者的自身，应表现出对文化的责任感，不仅不可以存心诬赖，人身攻击，并且遇着问题的本身，是可以两存，或无法作进一步的解决时，便须接受这种"两存"，安于现状，不必作超论据的主张。更理想的是，能取资于论敌。由互相取资的结果，以导向问题的解决。

文艺，是与社会大众关连密切的文化活动，也是内容最复杂，变动很迅速，容易引发问题，引发后，很不容易得到解决的文化活动。近百年来，中国社会，进入到大转型期。在大转型期中，应当出现很蓬勃的文艺活动，自然也应引起许多文艺上的争论。事实上，也是如此。五四前后，引起了新、旧文学之争，争的结果，自然是新文学的大获全胜。但此一胜利，乃是文学表现工具的解放，不一定关系到文学的内部问题、本质问题。接着，便是民族文学、大众文学的大争论。这次争论，是以预定的政治势力作背景，而不一定是发自文学的自身。民族中有大众，大众也还是属于某一民族。假定有真正的伟大作家，在他从事创作时，恐怕不一定存有这种牢不可破的障壁。因之，这次争论，对文艺本身而言，似乎收获不大。

二

台北最近几个月所发生的文艺争论，是以"文协"开除某一女作家的会籍为中心而展开的。理由是某女作家有一作品，据说，是乱伦的黄色作品，当某报连载完毕，印成单行本时，被政府查禁了。任何时代、任何社会，都有黄色作品，因为这是人性重要的一面。但任何时代、任何社会，决不会鼓励黄色作品。在人类各种行为中，有的只能作为事实的存在、暗地里的存在，但不必一定要使某种事实，披上理论化的外衣，并也不必认为暗地里存在的东西，同时即应当加以公开化。我觉得人性的两面将永远在矛盾中进行。正因为如此，历史上产生了许多伟大的艺术作品。现今有不少的人，想取消事实与理论之间的障壁，及暗地与公开的障壁以获得艺术的灵感。假定真正达到取消的目的，恐怕灵感也就干涸没有了。大家真正都不穿衣服，又有谁有兴趣去看脱衣舞呢？所以凡是向黄色方面打主意的作家，大概多是讨巧而不肯真正用力的作家，我认为不值得鼓励。

某女士的作品，是否是乱伦的黄色，我不曾拜读过，不敢多讲半句话。遗憾的是，不仅在为某女士讲话的方面，我发现不出能言之成理的文章。即在揭举反黄色大旗的一方面，似乎也找不出一篇有分量的文章。例如在一篇"反三流"的文章中，一面强调伦理道德，一方面又高叫不要回顾自己的历史文化，而应向美国看齐（大意如此）。若果如此，则某女士为什么不可以向金赛博士看齐呢？同时，对于一个会员的作品，假定觉得有不妥之处，似乎可以在交谈中解决。开除会籍，也可以说太过，也可以说是无效的，这未必能算是贤明之举。

三

在这次文艺争论中，暴露出我们对文艺理论的反省，还非常不够。不过，在这次争论中，提出了文艺与伦理道德的问题，倒有其意义的。就我的了解，在时代之流中，可以发现少数人反对文艺对道德的承担。但若把时间拉长了看，毕竟会承认文艺对道德，有无法逃避的责任。同时，一个伟大的作家，也可以嘲笑或反对既成的、定型化了的道德风习，但也会在他嘲笑、反对的另一面，浮出对新的道德、真的道德的热切要求。为什么？因为文艺所要求的是美，而所谓美的根源，正如喀莱尔所说的："美是生于人类灵魂的深处，住于人类灵魂的深处。在灵魂的深处，美与一切道德之爱、宗教的信仰，自然会融合在一起。"

五四运动以来，反对"文以载道"的传统观念。但若文艺是人性的表现，是人生的表现，则一个成功的作品，为什么对于由人性所发出的人之所以为人之道，一定要立于敌对的地位呢？有些人，只知道人性中有情欲，可加以表现，为什么不知道人性中也有道德，而不可加以表现呢？道德的教条，不能构成文艺，所以亨特便说，文学中的道德问题，常是用暗示性的表现技巧，但相反的，反道德的黄色说教，赤裸裸地反道德的情节，未必便寓有艺术性吗？作者的本身是人，读作品的也是人。一个作者只要有人的自觉，便自然会有对社会的责任感。作品的伦理道德性是出于作者人性自身的要求。若作者对道德感到是一种压力，对社会感到不应有什么责任，则此作者的人性，已与一般正常的人性相隔绝了，而只想从对人性弱点的掠夺中获取自己的利益，这种非法的前途是不大可靠的。所以我对此次争论，同情某女作家受到了组织性的过分打击，但更恳切希望今后的作家们，鼓起更大的勇气，向人性、人生正常的方面，多作发掘的努力，而不必继续在人性的弱点上面去发展。（寄自台北）

一九六三年五月二十四日《华侨日报》

偶读偶记

其一

我写过一篇《韩偓诗与〈香奁集〉论考》的文章（见《民主评论》十五卷四、五两期），从版本、韩偓的平生及其诗体等，考证出《香奁集》中虽收有韩偓一部分的诗，但作为一部"诗集"来说，与韩偓并无关系。并且考证到即使是出自韩偓所手录的"韩偓诗"，也杂有他人的诗在里面。其中有的证据很明确，如《大庆堂赐宴元璹而有诗呈吴越王》七律四首、《御制春游》及《过临淮故里》、《江南送别》等诗是。其中也有是出自推论的，如《大酺乐》、《思归乐》两首五绝是。我对《思归乐》这首五绝是这样写的：

> 《思归乐》的五绝是"泪滴珠难尽，容殊玉易销。傥随明月去，莫道梦魂遥"，这是女人的口气，也不可能是韩偓的。

作我推论的大前提的是因为这首诗虽然《四部丛刊》的影印旧钞本、《全唐诗》及《关中丛书》中的吴校本皆有，但中央图书馆所藏的两种钞本皆没有。但这毕竟是一种推论。我每夜在上床而尚未入睡时，常常拿一本文艺学术之类的书，随意翻阅，翻阅不到一两页便睡着了。最近我又再拿明杨慎的《升庵诗话》来翻阅。昨夜（六月二十日）翻到卷八"袁伯文诗"一条，使我不觉惊喜。这条中间有一段如下：

> "泪滴珠难尽，容残玉易销。倘随明月去，莫道梦魂遥。"张文收《大酺乐》也……数诗少时爱而诵之。然诸选皆不收，何见耶？

这分明即是误收到韩偓诗里的一首诗，我的推论得到证明了。但我有一个经验，凡是没有经过追查根柢的话，哪怕是出自名家，也常常靠不住。例如我写这篇《论考》的时候，找到明胡应麟所引的《诗话总龟》上的一段话，很可作为我于此问题的看法的有力证据。但两次从头到尾检阅《诗话总龟》的结果，发现胡应麟是误记了，因而他的话成为"伪证"，只好抛弃不用。何况杨慎的援引典籍是有名的便宜主义。而张文收这个人，一向对他毫无印象，这又从什么地方能为杨慎的这段话找到印证呢？

今早（六月二十一日）一起来便翻检《全唐诗》，发现第一函第八册中居然有张文收的名字，急加检阅，它的记载如下：

> 张文收，贝州人，善音律。贞观初授协律郎。咸宁中，迁太子率更令。撰《新乐书》十二卷，存诗一首。（七页）

所存的一首诗，正是杨慎所引的一首，称为"大酺乐"。再进一步查检，则新、旧《唐书·张文瓘传》中，皆附有《从弟张文收传》。"大酺乐"是乐章的名称。张文收是"协律郎"，他为此一乐章作了一首五绝的乐辞，是很合理的。而乐辞的内容，不必与乐章的名称相同，则这首绝句可能原来的名称是"大酺乐"；后来有人把这一首孤零的诗，收入到韩偓诗里面去，望文生义，便改为"思归乐"了。而《升庵诗话》及《全唐诗》"张文收"项下皆为"容残玉易销"，在韩偓诗中则皆变为"容殊玉易销"，"殊"字当然是"残"字之误。这首诗的根柢到此才算完全弄清楚。初唐人的一首诗，经后人编进到晚唐人的集子中去，我想这不是唯一的例子。安得有人能费力将这类的"浑诗"，都加以清理呢？

其二

因为我偶然发现李义山一生是吃了他的岳家的苦头，许多诗是因此而作。可是过去的人，却把这类的诗，都扯到他与令狐绹的关系上去加以解释，这便影响到对他整个的人格和作品的评价。所以我便写了一篇《环绕李义山〈锦瑟〉诗的诸问题》的长文（已印成单行本），想对此加以澄清。此一新说，虽然推翻了千余年的传统说法，但在考据上是可以站得住的。只因过去做这一工作的人相当地多，积非成是，一时不易打破若干人的成见。台湾最流行的一部文学史，谈到李义山时，却引用了一个"造谣式的考证"便交代过去了，真可说是莫名其妙。

我在上述的一篇文章中有下面的一段：

在义山诗集中，有四首崇让宅（其妇翁王茂元在洛阳住宅）的诗……其中不仅没有一句欢娱的话，而且每一首中，皆可感到其含有难言之恨。而这种难言之恨，若与义山所作的令狐氏晋昌宅的诗相比较，则崇让宅之对于义山，实更为黯淡……

在我的文章中，四首崇让宅的诗，我分析了三首。下面的一首，我尚未分析过。

临发崇让宅紫薇

一树浓姿独看来，秋庭暮雨类轻埃。不先摇落应为有冯

注：因为有我来看，故不先摇落耳，已欲别离休更开。桃绶含情依露井，柳绵相忆隔章台。天涯地角同荣谢，岂要移根上苑栽。

纪晓岚对上诗评谓："此必茂元亡后，而不协于茂元诸子而去也。其词怨以怒。"纪氏对此诗所感受到的气氛，与我的看法是互相印合了。惟谓此诗为其妇翁王茂元死后之作，则或有问题。茂元死于武宗会昌三年癸亥，据张谱，义山此时应为三十二岁，正居母丧。此后移居永乐，住了四年，与王家没有来往。一直到宣宗大中元年丁卯，义山三十五岁，才随廉察桂州的郑亚为书记，此时有经过洛阳崇让宅的可能。若如纪氏之说，此诗当作于此时，但就诗的情景看，则冯皓将此诗系于开成五年庚申，时义山二十九岁，为婚后之二年，当更为恰当。因开成四年己未，义山释褐为秘书省校书郎，旋调补弘农尉。五年，王茂元自泾原入

为朝官，而义山于是年南游江乡。其翁不相得之情形，显然可见。故此诗之"临发"，应指离洛阳南游而言。紫薇以喻其妻。第五句喻王家其他子婿之得到庇荫，第六句言与其妻之别离。末联言人生荣谢，到处皆同，无向王氏依草附木之意，正如纪氏所说的"其词怨以怒"了。

又义山诗有《房中曲》一首，其为悼亡之作，诸家无异辞。惟末四句"今日涧底松，明日山头蘗。愁到天地翻，相看不相识"，诸注释家因昧于义山与其岳家王氏之关系，故皆不得其解。"涧底松"系义山之自喻。"山头蘗"之"蘗"为黄木，其味苦，唐人常以蘗喻人生之辛苦。所以施肩吾《下第》诗有"羁情含蘗复含辛"之句。"今日"、"明日"，乃所以表现时间及情景之变换。"天地翻"指其妇翁及其妇之已死。故此四句应作如下之解释：

今日涧底松：在未婚将婚时，义山自视为涧底之松。王家亦以此相视。

明日山头蘗：既婚之后，因王茂元听谗而加以疏远，致令一生辛苦，有如山头之黄蘗。

愁到天地翻：由此而来之愁，一直愁到岳死妻亡，有如天地之翻覆。

相见不相识：而彼此之间，始终是虽然相见而不能互相了解。

我想，上面的解释，应当算是很顺适的。并且与诗一旨贴切，一气贯下。但朱彝尊氏却引左思"郁郁涧底松，离离山上苗。以彼径寸茎，荫此百尺条。世胄蹑高位，英俊沉下僚"诗作解；但问题是出在蘗是木，苗是草，二字从无相通之事。若义山易"苗"为"蘗"以凑韵，他的表现能力便大成问题，不能成其为李义山了。且对悼亡而言，也未免意泛而情不切。义山有许多诗，恐怕只有顺着我的看法，始可作顺理成章的了解，此亦其一例。

六四年六月廿一夜

一九六四年七月十六日《中华杂志》第二卷第七期

永恒的幻想

一

在许多民族中，月亮是至美的象征。尤其是中国，该有多少诗人、词人、画家，把各种各样的感情，和月亮交织在一起，而创造出无数的文学、艺术的作品。现在由探月工作得到了初步的成功，虽然人飞降月球，大约要在两三年之后，但它的面貌，不仅不是至美，而且是非常之丑，则已经是可以确定的。于是伊朗有位诗人发出深重的叹息，认为至美的象征破灭了。

其实，环绕于月亮的许多传说，都是由直感所发出的一连串的幻想。知识的进步，使人类许多幻想，都一个一个地破灭。但这种破灭，决不会减少某一已经破灭了的幻想，在历史为人类所达成的价值。并且，知识尽管进步，但新的幻想也会不断地出现。人类是生活于真实之中，同时也是生活于幻想之中。真实是永恒的，幻想一样也是永恒的。这应当作怎么的解释呢？

二

在中国古代，太阳在人心目中的宗教性的地位，不仅较月亮为重要，而且由"夏日可畏"、"冬日可爱"之类的话来推测，似乎较之于月对人有更多的亲切感。《淮南子》谓"月中有物者，山河影也，其空处海影"，这是二千年前的素朴的合理推测。但阴阳家和纬书，却一步一步地把它神化起来。例如《易·乾凿度》只说"月三日成魄，八日成光，蟾蜍体就，穴鼻始萌"；这里说的只是地上的蟾蜍。《春秋演孔图》却说"蟾蜍月精也"，便一跃而成为月里的蟾蜍。《楚辞·天问》只说"顾兔在腹"。《五经通义》便说月中有兔与蟾蜍，是表示"阴保为阳"。《淮南子》上说羿妻姮娥窃食不死之药，"奔入月中为月精"，这是月亮真正美化的开始。张衡《灵宪》却说姮娥窃药奔月后"是为蟾蜍"，这把蟾蜍也大大地美化了。傅咸《拟天问》中说"月中何有？玉兔捣药，兴福降祉"，把兔说成长生不老之药的制成者，它自然有了更大的吸引力。虞喜《安天论》说"俗传月中仙人桂树"，此说到后来大大影响了应举的士子，使他们"有心欲折月中桂"。《十洲记》说"月养魄于广寒宫"，此后便成为琼楼玉宇的理想建筑的象征。《酉阳杂俎》说河西人吴刚，学道犯了过失，便罚到月中去砍那一棵伤而复合的桂树，这便在一千多年前，中国已先美苏而在月球登陆了。上面的一堆神话，恍惚迷离，连可资推论的理路也没有。但月之成为至美的象征，却是以这些神话为基础所建立起来的。骚人墨客，不会有一个人认真地相信这些神话；不过，他们人世的悲欢离合，都自由活动于这些神话之间，通过对月的幻想以暂时得到感情的满足，则又是不可否认的事实。

如实地说，幻想的根源是感情。感情自身，不须要理性的真实；所以尽管月球的"丑八怪"的面目，被科学家暴露出来了，但只要它的清光常在，圆缺有时，便依然会使骚人墨客，对月兴怀，不妨与一连串的幻想结合在一起。即使对月的幻想，因探月的成功而消失了，人类也会把幻想移向新的对象上去。只要是人，便会有感情；感情是永恒的，由感情所发出的幻想，也是永恒的。

三

人类最多的幻想，是活动于文学艺术领域之内。至于宗教，系以幻想为生命，乃历史上无可争辩的事实。宗教的神迹，人在理智上加以拒绝，却时时在感情上加以保存。在道德方面，立足于思辨形上学的西方理性主义，其中富有幻想的成分，固不待论。即使在立足于实践的中国道德思想中，也未尝没有若干幻想。"天命之谓性"、"上下与天地同流"这类的说法，其中有推理及精神的根据，不可谓之幻想。但孔子生时，已有人认他为生知之圣，这便是一种幻想，所以孔子便申明"我非生而知之者"。不过《中庸》依然说"或生而知之"，这便是幻想的延续。又说，"诚者不勉而中，不思而得，从容中道，圣人也"，这是孔子"七十而从心所欲，不逾矩"的到达点；把这说到孔子七十岁以前，也不能不说是出于幻想。

杂着幻想所建立起来的圣人，这也出于人类追求至善的意志；人性中含有道德理性，便可以产生这种意志。"至善"，也或许和"至美"一样，对现实而言，只能称为幻想。但对至善至美的追求，是人从现实中升进的一种力量；因而由艺术理性及由道德理性所发出的幻想，不是与真实相冲突，而是要求人发现更多更大更深的真实。幻想之与理想，其间常相去不能以寸。人不可完全生活于幻想之中，这是容易了解的。但人若完全生活于现实之中，没有一点幻想，这将成为冷酷、机械、没有将来、没有社会。这种纯现实的人，其所给与人的生活上的不安，及对人类前途的威胁，较之有过多的幻想的人，或更为严重。所以我在这里特提出幻想的永恒性。

一九六六年四月《东风》第三卷第七期

永恒的幻想

略评《中国新文学大系续编编选计划》

我偶然在《纯文学》三卷三期上，看到了李忱、李辉英两位先生的《中国新文学大系续编编选计划》，一方面很高兴中文大学的研究计划中，有了这样一个很好的题目，同时，也感到由编选计划所表现的编选方针，或许也有值得加以讨论的地方。

上海良友图书公司于民国二十四年出版了一部《中国新文学大系》（以后简称"原编"），把从民国六年（一九一七年）起，到民国十六年（一九二七年）止的十年间的新文学，分为七个部门，选印为十册。两位李先生的《续编》，则把从一九二八年（民国十七年）起，到一九三七年止的"第二个十年"的新文学，依《原编》七个部门中的六部门（去掉其中"文学论争集"的部门），也选印成十册。可以说，《续编》对于《原编》，大体上做到了"萧规曹随"的程度。

编选文学作品，可以有许多不同的目的；但在许多不同的目的中，以通过文学作品来把握一个时代的动态，应当是最重要的目的。环绕新文学所发生的争论，不仅可给尔后的文学工作者以许多的正反两方面的启示，不仅可以为想了解当时的作品提供很大的帮助，更重要的是，这种争论，常常直接表现出一个时代的精神动态，尤其是为了把握大变动时代的精神动态，更为重要。因此，《原编》列有"文学论争集"的这一部门，是非常有意义的。

但《原编》中的"文学争论"，主要是以文学表达形式为中心所发生的争论。这种争论，很少突入到文学的核心问题，也没有深入到社会的核心问题。但《续编》的十年中，在文学争论上的规模之大，内容的复杂与深刻，远非《原编》的十年中的情况所能比拟。我不知道两位李先生为什么把这一部门去掉？这一部门去掉了，等于把作为这十年的特性的热和力抽掉了。

从另一方面说，我又觉得两位李先生，萧规曹随得太过。《原编》把小说编成三册，《续编》也编成三册；《原编》把散文编成两册，《续编》也编成两册。但我们应当承认，《原编》十年中在小说上的成就，主要是在短篇小说这一方面。短篇小说可以代表各个主要作家，也可以代表此一时代；所以《原编》所选的小说，多是短篇小说；把十年间的短篇小说编成三册，大概便富于代表性了。但《续编》的十年，新文学有了重大的进展，出现了许多有分量的长篇小说。在这十年中的重要作家，多专心于长篇小说的创作；他们的作品，应当以他们的长篇小说作代表。把精神贯注到长篇小说上的人，虽然有时也写短篇小说，但在技巧和作为一个人的人生表现上，常只能占到次要的位置。因此，此一时代的小说，是应以长篇小说为主要代表。这样一来，《续编》十年中所选的小说部门，便不是三册可以容纳得下。但《续编》依然要死守住三册的成规，于是在选材上也只好舍长取短，在印出的最重要的小说第一册里，几乎看不到值得称为此一时代的代表作。

在《原编》的十年中，虽然高举反古文的大旗，但在不知不觉之中，依然受到古代传统的影响；所以有不少的人，以严肃的创作精神来写散文；因此，散文在十年的文学中，占有相当的分量，于是《原编》便印了两册散文。但实际，在这一部门中，滥竽充数的已不少。就一般的情形说，散文的发展，主要是伸向以政治、社会、学术等内容的文章；仅以文学为目的来写散文的，数量虽然多，但有文学价值的，第二个十年，较之第一个十年更少，这是文学发展的大势使然。我们之所谓散文，等于西方之所谓"随笔"，多数只有出于名家大家晚年之手的才有价值，所以它的分量，不能和其他文学部门相提并论。但《续编》在这一方面也依然要保持两册，便难怪成为一堆无聊的杂碎堆了。

《续编》与《原编》最大不同之点，乃在于《原编》并不曾就各部门的内容来作体例上的分类；而《续篇》前在小说和散文两部门，由内容之不同，而做了分类的工作。首先引起我怀疑的是，小说、散文，有内容的不同，难道新诗和戏剧，便都只有一个立场、一种内容吗？要分类，便一起分，为什么有的分，有的不分呢？

《续编》分小说为三类：小说一集是"反映时代浪潮的作品"。小说二集是"中间派作家的作品"。小说三集是"民族文学、极右派的作品"。两位李先生既以"中间"、"极右"，来作分类的标准，则有了"中间"，有了"极右"，便必然有一个"极左"；"左"、"右"、"中"的三个观念，是在互相关连中始能成立的。第二、第三集，是"中间"、"极右"，则第一集自然是"极左"。但两位李先生为什么避开"极左"一词而不用？莫不是没有"左"而能有"中间"和"右"，这是常识所允许的吗？更奇特的是，把民族文学和极右派作品连在一起，这说明两位李先生以为凡是民族文学，即是极右派的文学。极右派以外的都是非民族乃至是反民族的文学。就我的了解，凡由承认自己祖国的国籍，并有祖国意识的人所写的文学，不论他的政治立场如何，都可称为"国民文学"或"民族文学"。所以在西方文学史中，常有"国民文学的成立"的标目。尤其是《续编》的十年中，除了专以阿谀、粉饰为目的之伪装文学以外，文学家的政治立场虽有不同，但在要求对抗侵略以保持自己民族生存的这一点上则是完全一致的。否则不能出现抗战前期的大团结，也不可能出现对日的抗战。一切值得称为"中国的文学"的作品，不管对现实有何歧见，必然是站在"中国民族"这一大基盘之下的作品。战后流行着一种"反民族的民主自由思想"，实际只是殖民主义的伪装罢了。

至于在散文方面，把"反映现实"的散文，和"性灵"的散文对立起来，我也觉得有点奇怪。严格地说，凡值得称为文学的，没有不反映现实的，否则不配称为文学。"性灵"是表示文学中的一种创作的态度和表现的方法。简单地说，袁枚这一主张的提出，乃是反对格律派的装腔作势，及神韵派的虚无缥缈，而要求以平易的方式说出自己的真心话。在"性灵"的观念下，导不出不反映现实的结论，因为性灵是在现实中活动。所以被袁枚列在性灵派中的白居易、杨诚斋，是谁人不反映现实呢？

由两位李先生的简单分类中，可以了解他两位或者可以做搜集家，却不是文学史家。所以《中国新文学大系》的续编，我希望有人起来作更好的努力。

一九六八年三月三十一日《华侨日报》

回给王云五先生的一封公开信

——有关中山文化学术基金董事会的审查水准问题

本文曾由《新天地》六卷十一期刊出。惟文字颇有讹误，常有读者来信询问，故重刊于此。又王云五先生迄今尚未答复，亦借此附告热心的读者。

六八年四月十日志

一

云老：十二月六日赐书，承告以此次中山奖金，"评审手续至为严密，任何人不能预定给与任何人。弟以人格保证绝无其事"。又谓"弟生平处事，大公无私。敝会各主持人，亦以同样精神应付奖助事项"。周前并承寄赐贵会"一九六七年度工作报告"，使观得拜读对梁某著作之审查考语，至深感谢。过去因《自由人》事，常与云老有相聚机会；每当同人对问题纷纭枝蔓、治丝愈棼时，云老辄以数语条理而裁决之，莫不怡然得当，使观众印象至深。惟学问之事，在某一较高层次上，固可有见仁见智之不同。但在基本常识上，应有可以共许共信之基准，否则便无学术可言。

观乡下有一谚语："没有吃过猪肉，总见过猪走路。"梁著之未曾达到最低学术水准，且可以贻误一般读者，凡见过猪走路的人，无不知之。十二月二十、二十一两天的《中央》副刊，刊出赵滋蕃先生的评文后，公应当已经有一初步印象。兹就贵会之审查考语，就原著举若干例，互相对勘，以供参证。

考语首谓"作者以史家求真之笔，写文学家之生平事略，简明确实，不蔓不枝"。按史家求真，尤其是写一位伟大文学家的传记，谈何容易。由资料之搜集、批判，关键的把握，内在与外在关连之发现与条理，更通过对资料的解释，以再现一个时代的面貌与一个人的人格，这应当有相当的功力才可做到。但梁某在序文中标明的著书宗旨说："写传记本来是钞书。"这具备了史家的起码常识吗？所以每一文学家，经过他的一钞，便精神面貌，都变成灰暗模糊，乃至肢残体断。然则评审诸公的所谓"求真"，指的是什么呢？

"简明确实，不蔓不枝"八个字，是在每一聪明的高小学生的作文簿中可以常常看到的批语。以这八个字来评定一个得奖的学术著作，古今中外，未之前闻。并且被评定的《文学十家传》，当然应以"传"为主；所以这八个字，即是对"传"的唯一考语，此后都是不相干的话。我从来没有见过这样走路的猪。

即就这八个字说，"简"字倒确实做到了。原著关于作家的"传"的这一部分，计杜甫二千六百二十五字，白居易三千九百八十九字，韩愈二千二百九十七字，柳宗元二千九百八十五字。其中还要除去各人祖先履历之叙述，这当然适合于"简"的条件。但我要问：称为"文学十家传"的一部四百零六页的厚书，为什么"传"的部分，却不能占十分之一的分量？其余的十分之五以上，对"传"而言，都是"枝"、"蔓"得离谱太远。假定有位高中学生，拿出这样的一篇作文出来，当国文教员的人，竟批上"不蔓不枝"四个字，这位国文教员还能保住饭碗吗？

二

说到钞书，梁某看到了大陆上这些年来所出的许多有关的汇印资料及著作。例如在纯资料方面，《古典文学研究资料汇编》，对唐代的已出有杜甫的三大册、白居易的一大册、柳宗元的两大册。因为大陆上反对韩愈，所以没有汇印韩愈的，但有钱基博的《韩愈志》，写得非常详尽。梁某之敢于着手写这些东西，其凭借在此（我是赞成尽量参考大陆有关资料的）。但梁某并没有钞书的能力，所以他钞的每一部分，都讹漏百出，达到不明不白、不确不实的最高峰。但他为了藏拙起见，不惜违反今日著书的常例，不注明出处，使读者不易发现他的荒谬；却欺骗读者说："可是如果全注出处，分量将数倍于本文。"即是说将使四百零六页的书，要变成两千页左右，见过猪走路的读者，会相信这种谎言吗？我若把他所有的讹漏都指出来，将要写上近一千页的毫无意义的文字。我现在只抽出十人传中的一个传的《杜甫传》，再就《杜甫传》中抽取开头的一段及收尾的一段，稍加清理，以作一例证，这应当算是公平的吧！《杜甫传》的第一段说：

　　七岁会作诗文。九岁大字也写得很好。十四五岁能和当时的名士们唱和。十九岁漫游豫北王屋山，和晋南猗氏一带的古迹名胜。次年南下旅行金陵、姑苏、杭州、会稽，游镜湖、剡溪，访隐士于天姥山。过了二年才北归。二十四岁到洛阳举进士，落第。以后几年就在洛阳、开封、归德、邯郸、魏县、济南、兖州等地流浪。登泰山，谒孔林，在大明湖和李白、高适、李邕等诗酒流连。

按上文"七岁"的第一句是从杜甫的《壮游》诗中"七龄思即壮，开口咏凤凰"来的。小孩开口咏诗，多是儿歌的性质，与下笔为文是两回事。在上面两句诗中，根本没有"会作文"的影子，而可以胡添上一个"文"字吗？"九岁"的第二句是从《壮游》诗中"九龄作大字，有作成一囊"来的；"成一囊"只说明字写得多，而可胡说为"写得很好"吗？"十四五"的这三句是从《壮游》诗中"斯文崔（尚）、魏（启心）徒，以我似班、扬"来的。但他不曾叙述杜甫出生后不久便死了母亲，所以幼年及少年时曾经寄养在洛阳建春门内仁风里的第二姑母家里，则这出生在巩县东约二里的瑶湾的乡下小孩子，以何因缘而能和当时的名士见面？"十九岁"的第四句，完全是无中生有的话。因为杜甫三十三岁始与李白相见于洛阳！所以他随李白访王屋山小有清虚洞天，想参拜道士华盖君，应当在他三十三四岁的时候，而决不是十九岁的时候。"和晋南"的第五句是根据《哭韦之晋》诗及《酬寇侍御》诗来的。但由这两首诗只能推测杜甫在十九岁左右曾到山西的郇、瑕地方吊过丧，绝无访问这"一带的古迹名胜"的影子。"次年南下"的第五句，他不叙述杜甫的叔父杜登是武康（浙江湖州）县尉，姑丈贺㧑是常熟县尉，则他漫游江浙的人事因缘不能明了。而在他的《壮游》诗中，仅有"归帆拂天姥"一语，不知梁某何以能找出"访隐士于天姥山"的"访隐士"的影子。"过了三年"的第六句,由二十岁出游,到二十四岁归来参加洛阳的考试,是"过了四年"而不是"过了三年",最低限度,应当说是"过了三年或四年"。"二十四"的第七句,他不叙明开元二十一年长安因久雨成灾,唐明皇于开元二十二年正月迁往东京(洛阳),一直住到二十四年十月始还长安,则有什么方法能使人明了杜甫为何不到长安去考进士,却在洛阳考进士呢?"以后几年就在……诗酒流连"数句,是把杜甫落第以后,在认识李白以前的浪游,和认识李白以后的浪游,混淆在一起说的。杜甫因他的父亲作兖州司马,所以从开元二十四年(公元七三六年)开始了齐鲁的浪游;但到了开元二十九年(七四一年),杜甫年三十岁,从山东回到了洛阳。并在洛阳和偃师中间偏北的首阳山下尸乡亭附近,筑了几间窑洞作住所。天宝元年(七四二年),他因住在洛阳的姑母去世而又来洛阳为她守制。一直到天宝三年(七四四年),他经常来往于尸乡土室与洛阳之间。是年(七四四年)初夏,开始认识了李白,乃得相从游梁宋齐鲁。陪宴李北海(邕)于历下亭,与李白、高适等同席,乃天宝四年(七四五年)间事。上述两次游历,旧谱混在一起,早经钱谱订正,并得到一般治杜诗者的承认,为何梁某却把它纠结在一起,形成了杜甫这段生活的大混乱呢?并且梁某不根据杜甫的《昔游》诗以叙述开元的盛世,及知识分子在盛世时的浪漫生活情调;和当时青年要出外去找职业或找为自己延誉的机会的风气,作一交代,则杜甫们的南北浪游,岂不是一批太保吗?

云老:上面梁《传》对杜甫三十三四岁以前的叙述,在时代的背景及个人的经历上,是最单纯的时期,但他已经做到了每句必错。杜甫三十五岁住到长安以后,时局开始不断地激变,杜甫个人的生活也日益艰难；但他的生活与诗篇，却与激变的时代融合在一起，而愈益多彩多姿；梁某的钞书工作，便更进入到谬乱得不可董理的程度。

三

兹再将述杜甫收场的一段钞在下面，因为这是他对杜甫平生的总结。

> 他朋友亲族多，大名在天下，所以到处能得人帮助。成都的草堂、巫峡的敝庐，和果园四十亩，经营很久，都轻易断手。当然因为当地政治环境关系，也因为他自始没有求田问舍、看重财产的观念。出峡以后，投亲访友，处处受人招待欢迎。但一船八口之家（包括夫妇和二男二女，加上舟子），却没有有力量的人为他长期安顿。"羁旅知交态，淹留见俗情。衰颜聊自哂，小吏最相轻。"他因此向南向北，彷徨无定，舟居了一年多，死在无家的飘泊途中。

按"他朋友很多……自始没有求田问舍、看重财产的观念"这一段话，完全抹煞了杜甫从天宝五年（七四六年）三十五岁住到长安时起，一直是在穷苦中挣扎，在挣扎中锻炼自己的人格，充实并转变自己创作的内容和风格的史实。换言之，杜甫壮岁以后的生活、壮岁以后的创作精神，及创作中所反映的政治与社会的实态，完全被上面几句话投入到厚厚一层的紫色妖雾中去了。杜甫从三十五岁起到四十岁左右止，他一直过着"卖药都市，寄食友朋"的生活。"朝扣富儿门，暮随肥马尘。残杯与冷炙，到处潜悲辛。"(《奉赠韦左丞丈二十二韵》)这是他对自己辛酸生活的写照。他在天宝十年(七五一年)正月作《大礼赋》三篇，投入延恩匦，虽然得到玄宗暂时的赏识，但并没有实际的结果。他在《投简咸、华两县诸子》求救的诗中说"君不见空墙日色晚，此老无声泪垂血"。他实已到了求活无门的地步。直到他四十岁后才在曲江之南、杜陵之西、少陵之北、下杜城之东的某一个小地方找到一个定居之所，以种田种药为生；但依然养不活留住在长安的家口，所以只好把妻子送往奉先寄住，一个小孩便在奉先饿死了。安史乱起以后的情形，当然比这更惨。但他的伟大诗篇，却是从四十岁时的辛酸岁月中开始。在安史的乱中乱后，他的生活，除艰难外更加上惊险。尤其是乾元二年(七五九年)七月，他逃向秦州，靠他的从侄杜佐的些少接济，及采药卖药的些少收入，真是贫病交迫，到了无以自存的地步，他便写下了《空囊》一诗。有位同谷的人士来信说同谷可住，他便于是年十月从秦州赴同谷。谁知到同谷后，靠拾橡栗充饥，简直活不下去，便于是年十二月一日作成都之行。从上元元年(七六〇年)到成都，建立了浣花溪畔的草堂，到永泰元年(七六五年)，前后有五年半的岁月，中间除去到梓州、阆州的一年九个月外，住在浣花溪的时间不满四年；这是他三十五岁以后最安定的一段生活，诗集中一部分清丽恬适的诗，都是此时写的。但严武之死、四川之乱，更加深了他的故里之思。所以永泰元年(七六五年)五月他便决心东下。梁某把后人为纪念杜甫所建造的草堂，误认为即是杜甫当年草堂的情景，而觉得这是一笔财产。实际，通过杜甫自己的作品去了解杜甫的草堂，只不过是非常简陋的两间茅屋而已，说不上财产。东下的中途因病倒在云安，便在云安住了一段期间。大历元年（七六六年）四月到了夔州，住到大历三年（七六八年）的正月。在夔州得到柏茂林的帮助，拨了东屯的一部分公田给他耕种。大历二年（七六七年），又赠了瀼西的四十亩柑林。他带着他的仆人，辛勤地耕植。在夔州的两年中，他以一个残废的老人，作出了平生最多的创作。但因为夔州气候及四川的乱象，再加以他的弟弟杜观从荆州的当阳，不断来信，鼓励他出川，他便决心于大历三年（七六八年）正月出峡，想到荆州后再定北归或东下的行止。总结杜甫中年以后的生活，有如梁著所说的轻松、洒脱，"自始没有求田问舍、看重财产的观念"的情形吗？当然，他怎样穷困，也不会向安、史们出卖自己的灵魂去领安、史们的奖金的。杜甫在艰辛中求生存的奋斗，和他的时代呼吸及创作风格有不可分的关系。梁某连杜甫的生活表层也弄翻了面，这便把他整个的精神面貌都翻了面。云老不难由此想见他在这一段话的前面，胡钞了些什么。他还说杜甫"少年与李白齐名"，李白大杜甫十一岁；当杜甫三十三岁在洛阳初次见到李白时，李白刚由玄宗赐金要他离开长安，他此时的诗名、风采，可以说是倾动朝野。杜甫少年时如何能与他齐名？"李杜"并称，乃出现在杜甫的身后。梁某无一不是胡说。

至于杜甫到荆州以后的惨状，有他的《秋日荆南咏怀》的诗加以描写。在荆州生活不下去，此后便只好在船上飘泊，真是走投无路；所以他便有"百年皆废物，万国尽穷途"（《舟出江陵南浦奉寄郑少尹审》），及"乾坤万里内，莫见容身畔"（《逃难》）的哀吟。虽然此时也有人恭维他"大名诗独步"，及耒阳县令送过一顿酒肉给他，但对他此时悲惨的结局，无补于万一。《风疾舟中伏枕书怀》的诗,是他最后的绝笔。中有"乌儿层层缚,鹑衣寸寸针"之句,不难由此想见一般。梁某对这一悲剧的结局,却说"出峡以后,投亲访友,处处受人欢迎"这类的话,真可谓对这位伟大的诗人,一丝一毫的感受性也没有。他说到了杜甫的死,但既无死的时间,也无死的地点,更无杜甫得年多少的记载,当然也没有记出死后厝柩之地。杜甫死的时地,是曾经有过错误的记载的,更应当交代清楚。但梁某却不著一字,"简"倒是,"无乃太简"得离了谱吧!

四

贵会的考语,在上述四句后接着说"介绍作品,既重视版本与选本之菁芜",这是说梁著对各种版本与选本之异同长短,做了一番批评别择,而断定孰菁孰芜的工作。但实际上,他除了乱钞一通以外,对各版本之异同长短,不曾说过一句话。杜诗的选本最多,由选本而可以占一时之风尚。但他没有提到任何选本。全书仅《欧阳修传》中提到了陈亮的选本,但他又把专集的选本与总集的选文,混淆在一起,这可以说缺乏起码的常识。其余各家,根本没有提到选本,更压根儿没有辨别选本菁芜的这回事,则此一考语,完全是谎话。

考语的再下一句是,"又于纯文学外,兼顾及作者之全部作品"。这是指梁著写上了一个作者全部著作目录而说的。这是每一个文学院的大一学生都会做的工作,居然提出来作为学术上的大贡献,云老不觉得太可笑吗?

考语再接着说:"评论方面,对作家之文学观,作品之技巧、

论文学

风格、艺术价值，以及对当时与后世之影响力，一一做客观精确之论断。"这几句话，主要也是由谎话构成的。杜甫、韩愈、柳宗元等重大关键人物，曾经以不少文字表达了自己的文学观，梁著中几乎一字未曾引到。杜甫诗的最大特色，是他自己所说的"沉郁顿挫"，他曾提到过吗？韩愈文章走的是一条很艰险的路，所以他的学生张籍、皇甫湜们，及宋初的柳开、尹师鲁们，都以毕生之力，还不曾达到成熟的阶段，梁却说是韩文"变难为易"，这还沾到韩文乃至整个古文的一点皮毛吗？他一条一条地乱钞了些古人的评语，却连条贯的能力都没有，是在什么地方做过论断？而这论断又是如何"客观精确"的呢？

考语的最后一句是"且插入与作者有关之史迹、史物、图版、画像等五十余幅，历史之真，与艺术之美，合而为一"。从这几句话看，评者不承认文学家的作品的本身有"艺术之美"，而需要由这种东扯西拉的图片来构成"艺术之美"，云老觉得这种审查者曾经看见过猪走路吗？

五

其实，梁著的最大特征是在打击韩愈，而特捧柳宗元，这是审查者所不曾看出的。清代乾嘉学派，在文学上提倡骈文而抑压由韩柳下来的古文运动。五四运动的人们，不了解古文对政府的公文体制（以四六为主）及制义、八股而言，是超现实利益的纯文学创造。他们直觉地把古文和白话对立起来，所以也接上乾嘉学派的文学观点。但他们对韩柳是同样地加以贬抑。陈寅恪先生对此抱不平，所以特别写了一篇《论韩愈》的文章。大陆共党，因韩愈是儒学复兴的关键人物，便特别加以打击。认定柳宗元有唯物及社会主义思想，便特别加以提倡。一九六一年（或者是六二年）大陆文化访问团访日本时，侯外庐几次讲演，都讲的是柳宗元。我不反对采用大陆学人的某种正确观点，所以对柳宗元的提倡，也有其意义。而韩愈乃至任何人，并不是不可以批评的。但梁某的打击韩愈，完全是出于存心诬蔑。他除了指摘韩愈的迷信，并在好几个地方讥讽韩愈的上书宰相之外，更说：

> 《潮州谢上表》、《贺册尊号表》，请封禅，阿谀逢君，无所不至，可以说丧失儒臣风度，倒却文章架子。孟子倡导民贵君轻，贤能政治，他却歌咏："臣罪当诛兮，天王圣明。"（《拘幽操》）至于为宦官作诗文颂功（《送汴州监军俱文珍》序，见《外集》），连李汉都为师讳，为亲讳，不肯收到《全集》里。

每一个人都会受到时代条件的限制。陈寅恪先生认韩愈是当时破除迷信最力的人物。但德国大诗人歌德在一八二〇年前后所写的自传（《诗与真实》）中，一开始便把自己的生年月连上星相学，觉得与他一生的遭际符合。所以韩愈保存的迷信部分，是当时乃至以后许多人都所难免的。柳宗元也未尝例外。向当道上书找出路，乃是唐代的风气。而在两千年的长期专制中，只有极少数人始能突破君主的权威，以卓然自立。杜甫、柳宗元在这一方面，与韩愈并无不同之处。所以《黄氏日抄》卷六十说："柳之达于上听者皆谀辞，致于公卿大臣者，皆罪谪后羞缩无聊之语。"何况韩愈在《与李翱书》中，对过去干乞的情形，深为愧耻；而他立朝的风节，在文人中已算难能可贵的。何以杜甫、柳宗元等人，不曾倒却文章架子，而韩愈一个人却倒掉了？梁某自己媚敌求奖，却说出这种话来，毫不自愧于心吗？以宦官监军，这是当时的制度。俱文珍派作陈留节度使董晋处做监军，韩愈则是董晋的观察推官，时年二十九岁。俱文珍要回到皇帝身边去，董晋乃"饮饯于青门之外，谓功德皆可歌之也，命其属咸作诗以铺绎之"（韩序）。韩愈在这种情形之下，能不秉承幕主之意，作一篇应酬文章吗？并且序中的"谓功德皆可歌"，这分明说此事是出于董晋的意思，而不是出于他自己的意思。序中特强调"俯达人情，仰喻天意"，及"方伯有同和之美"，诗中称其忠孝两全，皆可谓立言得体。乃樊汝霖谓"此序不入正集，李汉以文珍故，为公讳耶？"此全是妄说。诗文大家，皆有外集这类的东西，盖出于后人之爱惜摭拾，不独韩愈一人之诗文集为然。《送文珍》序，是当时政治体制下的奉命行为，有何可讳？我曾把这种意思几次告诉梁某，梁某对《韩传》只稍作文字的修正，仍始终坚持樊汝霖的见解。可谓别有用心了。

云老：我因在学术的立场上，为贵会找不出任何理由，所以只好推想到政治的背景上去，而登出一则启事。并愿借此告诉贵会诸公以一个基本常识：文学艺术与个人的人格是不可分的。对历史上伟大的文学艺术家的了解，也一定会受到研究者自身人格的限制。这是经过多少学者所说过的话，梁某的情形，又在为此作证。我相信您的公正，但您的公正，是建立在上述的审查水准之上，我固然可以谅解您的实际情形；但梁某这种"著作"，经贵会大力倡导，等于对研究文史的初学投下一剂毒药，云老的学术良心，也会感到不安。至于张道藩先生针对廖委员维藩提出来的议案所发表的谈话，使人感到在人的世界中，没有人格的问题；在文学艺术的世界中，没有人格的问题。并且刑法条文，已代替了三民主义中的民族主义。这完全不像我的老友道藩所讲的话。云老和他见面时，千乞代我问候他的健康，劝他安心休养自己的身体。

专此敬颂

年安

后学徐复观敬上　六七年十二月二十六日

一九六八年四月二十日《中华杂志》第六卷第一期

文学与政治

　　当汉奸的行情，一天一天地高涨，高涨到一批从未做过学问，从未写过一篇学术论文，却被敕封为学术权威的人们（这当然包括毛子水先生在内），不惜糟蹋中山先生的名义来加以鼓励的时候；高涨到有所谓"文艺团体"的负责人，不惜以全力为汉奸当保镖，以他们保镖的声势，来为汉奸的"高瞻远瞩"作证明的时候；高涨到有的大学流传一种说法，说反汉奸即会妨碍下一代的出路，仿佛只有当汉奸才是下一代的出路的时候（当然，这是对下一代最大的侮辱），《阳明》杂志的先生们，投袂而起，揭穿这批隐藏在各种伪装下的阴谋、丑恶，唤醒炎黄子孙，恢复对自己民族根源的记忆，与《中华杂志》，成为当代民族精神的两大征表。假定此一历史的空虚时代，要探测中华民族的知识分子，还有没有血性良心，除了这两个杂志及刚刚死去的立法委员廖维藩先生以外（当然还有为我所不知道的，因此我这样说，带有若干武断性），谁还能提出肯定的答复？"十四万人齐解甲，更无一个是男儿。"今日台湾稍有地位的知识分子的甲，的确被声色货利解除得精光了。但依然还有几个屹立不动的男儿，顶住一切狂风、骇浪。真不是一件容易的事。《阳明》杂志的编者，以"文学与政治"为题，要我写篇文章，我为了对《阳明》诸位先生表示敬意，所以尽管对此问题毫无研究，也只好写下自己的"杂感式"的意见。

六八年二月廿九日于东海大学寄庐

一

文学与政治的关系，是以两种不同的方式，处理在性质上却是相同的问题的关系。

为人生而艺术，为人生而文学，这是东西艺术、文学的主流。人生不是孤立的，每一个人必生长于社会群体之中；真正的文学，是对人生的批评，是对人生的开辟。批评得愈切，开辟得愈深，即愈可以证明人生是与社会同在，与其国家民族同在。所以为人生而文学，实际也即是为社会而文学，为其国家民族而文学。在被开辟出来的人生主观中，常常即是客观社会得到照明、得到关切的主客交流之地。所以文学家所深切感到人生问题，必然地，同时即是社会问题，即是国家民族问题。一个诗人，尽管只歌咏个人的哀乐，但若歌咏出来而可称为文学，则他个人的哀乐，必不期然而然地通于社会国家的哀乐。把自己深切所感到的人生社会问题，挟着深厚的"同感"，以艺术性的文字媒介表现了出来，这即是文学。其中表现得更具象化、更形象化的，要算诗与小说这类的纯文学。问题表现出来了，同时也即是在社会之前被照明了。于是文学家之所感，也可给社会以感染的作用，因而使社会也能感到同样的问题的存在。有的人生、社会的问题，只要被表现出来而发生感染的作用，更进一步发生熏陶苏醒的作用，问题也即得到解决了。若问题的自身只能由文学家提出，但并不能由文学家解决时，则由文学家的提出而使社会感到问题的存在。这也是解决问题的第一步，并且是解决问题的最根源的一步。真正的文学家，便是人生问题的解决，对社会问题的解决，能提供这最根源性的第一步。

文学是以自由意志为中心的活动，政治是以权力为中心的活动。权力不一定是坏的，但权力与私人的权力欲望结合在一起，倒必然是坏的，所以西方有人以政治为人类无可避免的一种罪恶。我们可以随意指出，在人类历史上最大的罪恶，多是环绕着政治所发生的。但此一罪恶之所以无法避免，乃系人类必在集体中始能生活。有集体生活，便不能不有政治，政治的基本目的，本在于解决集体生活中的共同问题。作为一个值得称为政治家的人，应当是能发现集体生活中的问题，而企图通过权力予以解决的人。因此，政治家与文学家，有共同的对象——作为集体生活实体的社会、国家、民族；有共同的课题——对那些无穷无尽的问题的解决；并且有共同的心灵——对那些问题，能思能感的心灵。不过，文学家是通过文字的艺术性以作精神上的解决，而政治家则通过权力运用上的艺术性以作行为上的解决。若以文学家所提供的解决，是最根源性的第一步，则政治家所提供的解决，是决定性的第二步。

这里当然不能忽视的是，有的问题，只能由文学家去加以发现，而无法甚至也不应当由政治家在政治上加以发现。有的问题，只能通过文学作品去加以解决，而无法甚至也不应当由政治家在政治上加以解决。这是历史上的文学家毕竟要伟大过政治家的原因之所在。但就对社会、国家、民族而言，文学与政治，依实是在分工中的合作。文学与政治合作最密切而最自然的时代，乃出现在为求民族国家的基本生存而对外作悲惨的自卫战争的时代。因为此一时代文学家与政治家的所思所感，都集中到同一对象之上。在民族悲惨的自卫战争中而无动于衷，这种人实际已下侪于禽兽，更进而以手上所掌握的工具去帮助、鼓励敌人对自己民族的屠杀，这便连禽兽也不如。认定这种人会在文学上有所成就，等于认定较禽兽还低一等的动物会在文学上有所成就一样。只有与汉奸同其厚黑的某文艺团体的领导人，才会如此。

由上面的分析，应当可以对文学与政治的关系，作轮廓性的了解。

二

但文学与政治互相关连的形态，常由政治形态的不同而有所不同。政治形态，若暂时分为专制与民主两大类，则政治与文学在专制政治之下，常常形成直接关连的形态，而在民主政治下，则自然会形成间接关连的形态。

历史上的专制政治之所以出现，主要是因为没有可以与政府发生制衡作用的社会力量，所以政治的权力，便君临于一切社会生活之上，给各种社会生活以强制性的影响。生在专制政治下的文学家，要离开政治的影响以感受人生、社会的问题，几乎是不可能的。所以在专制政治下的文学家，纵然只想触着人生而不想触着政治，但随触着程度的深刻化，便自然会浮出政治的阴影。于是为人生、为社会，而与专制政治相抗争的文学家，其作品固然与政治有直接而密切的关连。即使有的文学家对政治采取一种逃避的态度，逃避向酒，逃避向自然，逃避向神仙，但只要值得称为文学家，他的作品值得称为文学，便同样在他们所歌咏的酒，歌咏的自然、神仙中，可以嗅得出政治的悲凉气味，因为没有善感的心灵，便不可能成为一个文学家。有善感的心灵，而对政治权力以压倒一切之势所加于社会的影响，是没有方法可以无动于衷的。正因为如此，所以严格地说来，在专制政治下的文学家，都是悲剧的命运。甚至可以用悲剧性的大小，作为测度他们作品成就大小的标准。这中间很少有例外。我们只要想到屈原、陶潜、李白、杜甫、苏轼、黄山谷这一般人的结果，便应当不反对这一结论。"诗人少达而多穷"的"穷"，我们不妨限定在专制政治之下，作深一层去领会。

三

若从政治的这一面来看，由政治关系而造成文学的悲剧命运，对文学家而言，是以他及身的现世的悲剧，换取了对人类的心灵的启发与生命力的净化和充实，这是悲剧中的建设性。可是对政治人物而言，对政治人物所担当的时代而言，也必然会得到更深刻的悲剧，并且这只能是负号的甚至是毁灭性的悲剧。

也有在专制鼎盛时期的有为之君，想牢笼文学家以光大夸饰自己的功业，有如西汉武帝，便是一个明显的典型。在此种情形之下，文学家似乎可以逃出悲剧的命运。可是扬雄批评当时文人所作的赋，是"讽一而劝百"，这意思是说他们的作品，只尽到文学所应尽的百分之一的任务。但由扬雄的话，亦可了解，汉赋的作者们，都抱有"讽"的基本观念，否则便不能成为文学作品。西汉的文学，应由贾谊、司马相如、司马迁（《史记》是伟大的史学作品，也是伟大的文学作品）、扬雄等数人为代表。其中没有一个人，不带有悲剧的色彩。司马相如的悲剧性，便寄托在他的"傲诞"行径之中。"侍臣最有相如渴，不赐金茎露一杯"，难说他得到了应有的报偿吗？武帝当时以文学进用的人，很少有全身善终的结果。至于专制政治下专以歌功颂德为事的人，早被历史驱逐于文学之外，因为他失掉了文学得以成立的基本条件。

另外一种说法，我不能断定是历史的事实，还是经过了儒家的藻饰，但确已成为儒家对文学与政治关系的一种信念，乃至要求。即是说西周时代，周天子每年要派人出去采取各国的歌谣，根据歌谣中所反映出的民情，以了解各国政治之得失，作为政治赏罚的根据。此一信念、要求的基本意义，乃在于统治者心甘情愿地接受文学对政治的领导。文学对政治的领导，这是儒家对文学与政治关系的永恒志愿。

但不要因此而误解，以为在专制政治之下，便没有伟大的政治家。在专制政治之下，有的挺身而出，以从事于政治活动的动机，乃出于"先天下之忧而忧，后天下之乐而乐"。这种人便具备了与文学家相同的气质，因而这一类的人，常能使他文学活动和政治活动，互相为用，相得益彰。并且结果，多数人的政治努力，在专制体制之下常归于失败，而他们的文学，在政治失败的冲击之下，反而得到成功。我国历史上多得是这种例子。由这种例子也可进一步说明文学与政治的关连，决非偶然的。

四

民主政治，是由权力的极力约制，以使社会各方面的活动，都能获得自由的政治。政治对社会生活的支配力，经常保持在某一最低限度之内。于是社会问题，有许多不是由政治所直接引起的。因而一个文学家对社会问题的感兴，可以不关连到政治上去。而文学家在自由保障之下，他的创作、出版更受不到政治的干扰。所以在民主政治下的文学与政治的关连，常常浮不到表层上来，几乎为人们所忽视，这是文学从政治下所得的解放。但文学的解放，乃是使文学家与政治家，更容易站在共同的立场，以不同的方式，解决两方所共同追求的问题。英国文学和大陆文学的黄金时代，最可证明这一点（请参阅亨特《文学概论》一一二页）。所以在民主政治下的文学与政治的关连，从表面看是间接的关连，但实际上却是正常的关连。

二十世纪所出现的极权政治，却加强地走专制时代文学与政治两相对蹠的回头路。极权政治的领导人，强调文学是政治的工具，而实际则只是极权者个人的工具；强调政治领导文学，而实际则是受极权者个人的领导。极权统治者，常以权力的组织运用，制造一批文人出来，使他们担负侏儒和武士的双重任务。但结果证明这类被制造出来的文人，只是不能逗人发笑的侏儒。在此种情形之下，文学当然不能对政治作批评，而只能作对统治者的歌诵，不能发掘问题、提出问题，而只能为统治者掩饰问题、美化丑恶。这便不可能有文学家的创作活动。文学家的创作活动与极权政治的关系，必然地成为你死我活的尖锐的对立的关系。这是苏联今日内部所遭遇到的严酷的问题，也是毛泽东今日彻底整肃三十年代作家的真实原因之所在。文学，是人性向外发窍之地。文学的窒息，即是人性的窒息。极权政治乃存在于人性窒息之上。人性是不能长期窒息下去的。它必然会通过文学家的作品而苏生起来，此时人性会埋葬掉极权政治，也即是文学会埋葬极权政治。文学必然是反极权的先锋，也等于文学必然是反汉奸的先锋一样，这是由文学的本质所规定出来的。极权政治被埋葬以后，文学与政治，又会保持间接而正常的关系。

一九六八年四月《阳明》杂志第二十八期

与许冠三谈翻译和中文法定

冠三先生大鉴：

　　唐君毅先生函及其大文，并转上裁鉴。我此次来港和您一见面，您便很兴奋地谈到此间最近特别提倡翻译的问题，希望我发表一点鼓励性的意见。我立刻怀疑此殆出于为了拖延中文法定地位的一种技巧、一种手段，十之八九，不是出于诚意，所以我不愿堕入他们的彀中，您听了我的话以后，却采取与人为善的态度，以我的看法未免失之于苛。其实我是非常希望"吾言幸而不中"的。

　　因为我是留日学生，除日文外，不懂其他外国文字，而喜欢从书本上探奇猎异，可谓生而成性，所以对翻译的期待，或者可以说较任何人为迫切。关于这，我除了在许多文章中不断地提到外，在一九六六年五月十五日的《征信新闻报》上，我介绍了山内恭彦氏的《科学与国民性》一文。因为此文中陈述日本人开始认为日文不适宜于科学的记载，但经许多科学者长期的努力，终能以日文写出很多好的科学书，对日本科学技术的提高与普及，发生很大的效用。又于一九六八年五月的《百年来中日关系论文集》上，发表了《中、日吸收外来文化之一比较》一文，中间有一段话是：

　　　　日本吸收西方文化，并不是忙于今天打倒这，明天打倒那，而只是大规模地，并且是持续不断地，翻译西方各方面的典籍，输进西方各种最新的技术。他们常常为争翻译某一重要著作的时间，动员有关的第一流学人，分别担任一部书内各章的翻译工作。他们为了翻译联合国文教组出版的《人的权利》一书，而动员了二十五人。为了翻译 J. 赫胥黎编的《人文主义的危机》一书而动员了十五人。这只是就我最近入手的书籍而言……

下面接着指出我国若干西化论者的懒惰、自私，只说不负责任的大话，而实则愚昧无知的情形。有一次，我和李济之先生很愤慨地谈到这一点，他说：“这倒是我们忽略了的……”

我每听到中国人耻笑日本人英文发音不准确的情形，心里便非常难受。我在美国人办的东海大学呆了十四年，英文系是由美国人负责的，他们的训练（以后由一位英国人），主要是要中国人能“听话”、“传话”。这完全是欧仆慢慢爬到买办的训练。日本则恰恰相反，他们学外国文，是要把外国的文化搬到自己手上，所以他们训练的重点是在翻译。我留学的时候，各国语型的分析参考书，可说是汗牛充栋，都是为了翻译。他们不仅翻译范围大，遍及于世界各有文化的民族，并且一部重要的书，同时可以有两种以上的译本，并且不断有新译本出现。例如大西克礼们所译的康德《三批判书》，已相当精审了，但前三年又出新译的《康德全集》。当虞君质先生写文章骂我对现代艺术一无所知时，我书架上由日人所译的有关现代艺术的书，当时已有二十种以上，其中许多都是贩卖艺术的人未曾梦见的。我推求日本人对翻译为什么这样的热心，主要系来自他们对学问的责任心，及对知识追求的如饥如渴的精神状态。我为什么一来到香港，便怀疑此间的提倡翻译，是出于政治运用的手段？其他的原因我不便说出，其中一个原因，是我了解香港一般通西文的高级知识分子，必和台湾一样，除了混饭吃的一点本钱外，很少遇见真正想追求知识的人，怎么会忽然对翻译热心起来呢？

我们因缺少求知的热情、诚意，对翻译工作，不仅做得太少，而且翻译的内容多是相当可怕的。民国十六年，我看了商务出版的沈端先所译的伯伯尔的《妇人论》，看得糊里糊涂。十七年到日本，知道日本有两种译本，拿来一对，沈是从日译本中的一种重译的，没有一句话译得完全，十句话中大概要错七八句。再看当时重译的其他社会科学的书，莫不如此。我在日本学军事，回国后当下级军官，当时的典范令，都是翻译日本的，内容与文字都非常谨严，但汉文的气息很重，可以说很容易翻译，但也不免有些地方译得一塌糊涂。我还记得有一条说"轻机枪依托在矮墙上射击时，要注意不可塞住下面两个放瓦斯的小孔"，译的人译得恰恰相反："要注意塞住下面两个放瓦斯的小孔。"从这一点看，谁能相信我们是经常保持着两百万左右大军的大陆军团呢？此无他，当时军人的懒惰苟且而无责任心，和一般知识分子没有两样。

我是做过翻译工作的，我知道精密的翻译，在文字使用上，比自己写文章困难得很多。我第一次着手翻译，是回国在广西当营附时，当炎热的夏天，除了上、下午两次出操外，拭着汗翻译日本陆军士官学校半秘密的三大本现地战术讲义，可是译成后，另一位比较我有人事便利的先生所译的先付印了，我的汗因此只算是白流，并影响我以后的翻译兴趣。但我的军事常识，比许多所谓名将之流或者要结实一点，这未始不是一个因素。抗战胜利退役后，首先译了田边元氏的《科学的哲学》，接着译了三木清氏的《西方的人文主义》，此文现在还有杂志转载，以后陆续译了有关西方思想方面的单篇文章，大概也有十多万字。其中译了一本萩原朔太郎氏的《诗的原理》。某一集团当时正集中力量要把我打出东海大学，于是在《笔汇》这一刊物上，发表一篇长文，说我译错了八十多个地方；文章发表后，由东海大学的军训教官李某，担任在校内分发。经我详细检证后，译错了两个半地方，都是没有附原文的外来语。而写这篇文章的仁兄，实在什么也不懂。我在答复的文章中，坦白承认了两个半的错误，也告诉他们（实出于一个小团体）的文章中错了八十个以上。过了两年，我偶然在一位朋友的书架上，发现在大陆时此书已经由孙伏园译过，当时心里感到有些尴尬，因为我事先完全不知道有此一译本。等到拿在手上一看，心里立刻坦然了，因为孙译本在十句话中总要错四五句。去年还有位汉奸说我所译的赶不上孙，真是笑话。我之所以不曾多译，是因为我要追求的是西方的东西，但不懂西方的语文，受了这一根本的限制。但可以断言，我是最重视翻译价值的一人（当然是指学术性的翻译，决不把为外国人当政治宣传的东西算在里面），而且也是知道翻译甘苦的一人。我去年一到香港，便托朋友介绍要拜望您，正是因为在几年以前，在《大学生活》上看到您译的一篇谈科学方法的文章。……敬颂

撰祺

弟徐复观上　一九七〇年十一月廿七日夜

一九七〇年十二月十五日《人物与思想》第四十五期

言行之间

言与行之间的关系，可能是相当微妙的。

孔子曾说"言之必可行也"，又说"其言之不怍，则为之也难"，又说"君子耻其言而过其行"这一类的话，在指出言易而行难，口里说的道理，必须经过行为的考验，乃可以算数。这是中国文化中对于言行关系的共同态度，不仅孔子一人为然。但其中有一个先决条件，即是承认"人是理性的动物"（在中国则称为"性善"），所"言"的乃在理性范围之内。否则"言"的本身已成为问题，还会要求在行为上兑现吗？

这里试把孔子的话倒转过来，而说"行之必可言也"，这句话是否依然可以成立呢？我想，要在下述三种情况下加以考察。

一种是合乎理性之"行"。这在主张"身教"的中国文化里面，便会认为行即是事实，即是结果，没有再"言"的必要，否则会流于今日之所谓宣传，反而减少"行"的意义。但这种"行"是可见之于言，决没有疑问的。

第二种是反理性之"行"。作为"行"的主体的本人，当然会认为"行之不可言也"的。行之不可言，除了害怕受到政治和社会的制裁以外，也有的却是出于自己良心的要求。坏事虽然做了，但究竟于心有所不安，所以纵使言了而能逃避外界的制裁，却无法逃避自己良心的谴责。说出后感到对不起人，即是良心谴责的一种表现。因此，行之而不言，从某一意义上，也未可厚非。

第三种是既非理性，也非反理性之"行"，例如与自己的太太发生性行为，这是不是"行之必可言也"呢？在常情之下，除了和太太有时喁喁私语外，大概不会言之于公众的。这种不言之于公众的心理，可能是认为保持人的最低限度的某种隐秘，乃维系人的尊严所必不可缺少的条件。至于复杂的恋爱故事，"恋"与性行为大概容易关连在一起。但多数小说家，只着意写其"恋"，对性行为只作为恋的高峰表现，点破即止，很少就性行为的本身，作入微入细的描写的。假定一个故事有两部小说来加以描写，一部着重描写恋爱的心理，另一部则着重描写性行为；这很明显地是把小说的主人翁，安置在两个不同的层次上来加以处理，因而它可以视为是两种层次不同的小说。但值得称为伟大的恋爱小说，多数是认为性行为可以心照不宣，而不必放言无隐的。因为上述的两个层次，实际是人与一般动物之分的层次。

可是现代之所以成为现代的特征之一，是把过去所认为"行之不可言也"或"不必言也"的东西，在"科学"与"解放"两大招牌之下，言之不足，故倡言之；倡言之不足，故奔走骇汗相告而喧嚷之；并在喧嚷中不知手之舞之，足之蹈之也。这就是今日的所谓"性学"与"性的解放运动"。

但我对他们的口号，总有点怀疑。若借得过诺贝尔奖金的生物学家卡勒的话说，"人是一个未知的东西"。所以对人的科学研究，诚为当务之急。不过只要是结过婚、恋过爱的人，谁人不知道"性"？谁人领略不到"性"呢？日本周刊《新潮》十二月十六日号，介绍了世界最畅销的性学书十一种，从阿拉伯十六世纪的《香园》到我国的《肉蒲团》，今日的性科学能增加点什么知识到里面去呢？"解放"是对由第三者来的压迫而言。恋爱自由了，在性行为中，谁人感到有由第三者来的压迫感？至于要解放到随地随时可以性交，随人可以性交，生民之初，以及一般动物，本来是如此。由乱交杂交进而为被限制之交，这是关连到人的全面生活的利害，经过长期的努力才慢慢形成的。要人站稳人的地位是相当的困难；要人从人的地位而解放成为一般动物，却再容易也没有，何必要大嚷大叫呢？

我的看法，实际的情形，可能是另有所在。首先想到的是唐末诗人温庭筠，生得非常丑陋，可能因此而得不到女性的青睐，便写些香艳诗词（但并不够今日的黄色水平）来满足自己。假定由此作大胆的类推，最先弄这门"科学"及"运动"的人，可能是因某种原因，在性生活方面得不到正常满足的人。拿着小册子站在十字街头喊"偷人万岁"的女人，谁人对她不倒尽味口而愿为她所偷呢？她便只有叫唤。叫唤无效，便只有进稀癖杂交营了。

其次可能是出于学术上的荣誉要求。学术上的荣誉，是来自对学术的贡献。学术的贡献，是要由发明、发见，对知识作新的积累。这实在是一件很难的事情。不能作这种很难的事情，而又要得到一份荣誉，便抓住一般人行之而不言，知之而不言的性的问题，大力喧嚷出来，也非常像言人之所未言，也非常像是对学术上的一份贡献，于是学术的荣誉，便很廉价地得到手了。至于由此而转变为一门商业上的生意经，是顺理成章之事，更值不得多讲。

人本是理性与非理性及反理性的复合体动物。人类生活，从社会看，更是一种复合体的生活。孔子"七十而从心所欲，不逾矩"，他老人家到了七十岁才把生命转化为纯理性的存在。一般人，以及由许多人所组成的社会，只是在复合体中有所偏向。完全偏向到理性方面，一般人，尤其是大众的社会，永远不可能。完全偏向到非理性、反理性的方面，则人成为禽兽，却如罗素所说，会比禽兽造出更大更多的罪恶，人类只有归于毁灭。文化之力，乃努力于在复合体中保持某一形式的均衡。政治上的"行之不可言"，乃至"行之而不言"，甚至"行此而言彼"，这是最大罪恶的来源。若就个人而论，尤其是就个人的性生活而论，"行之而不言"，乃是人性自身所发出的制衡作用。现在以美国为大本营的性的喧嚷、猥獗，把人性自发的制衡作用完全破坏掉，这说明他们的人生观，乃是除性以外，更一无所有的"唯性人生观"。顺此下去，我不知道他们会成为甚么样的人？会成为甚么样的社会？

　　我记得在前几年，美国土产的破布艺术（一般译为普普艺术），以政治、金钱的手段，在意大利得了一个甚么大奖，激起欧洲艺术界的愤怒而斥这种艺术是美国的"野蛮主义"。现时由美国以超大国之力向自由世界所散播的"唯性的人生观"，除了称它是"禽兽主义"以外，还有甚么更适当的名称呢？

七一年一月廿一晚

一九七一年二月十二日《南北极》第六期

　　　　　　　　　　　　　　　　　　　　　　　　论文学

读周策纵教授
《论李商隐的一首〈无题〉诗》书后

一

《大陆杂志》四十一卷十二期载有周策纵教授《与刘若愚教授论李商隐〈无题〉诗书》。所讨论的是下面的一首：

> 来是空言去绝踪，月斜楼上五更钟。
> 梦为远别啼难唤，书被催成墨未浓。
> 蜡照半笼金翡翠，麝香微度绣芙蓉。
> 刘郎已恨蓬山远，更隔蓬山一万重。

周先生自述讨论的经过及刊出之旨趣是：

> 刘若愚教授在其英文大作《论李商隐诗之晦涩》一文中，更将此诗译成英文……当时余有致刘先生英文信，商讨此诗意境之所据，承其采纳……若愚先生析论李诗，精审周密，既蒙称可，用敢将拙函略事疏理，译成中文发表，期读者作进一步之探讨。

我这几年来，也从在美国教学的朋友，听到刘先生对李诗研究的成就。周先生治学，以精勤见称；他对这首诗的意见，既经刘先生采纳，所以我便特别拜读了周先生的大文。读后不免感到有些惘然，便提出我所感到的问题，但并不敢说是进一步的讨论。

周先生大文的要旨，可以他下面带总结性的几句话作代表：

> 凡以上李夫人故事，与义山诗中七行皆相应。且"刘郎"与"蓬山"，已明白点出；其间影响，至为显著，决非强为附会，亦非偶然巧合也。

换言之，除了末句"更隔蓬山一万重"，周先生未作交代外，其余七句，认为都是咏李夫人故事的。所谓李夫人故事，据周先生引《汉武故事》：

> 会所幸李夫人死，上甚思悼之。少翁云"能致其神"。乃夜张帐明烛，具酒食。令上居他帐中，不得就视也。
>
> 被诛（武帝以他事诛少翁）后月余，使者……逢于渭亭，谓使者曰："为吾谢上，不能忍少日而败大事乎！上好自爱。后四十年求我于蓬山，方将共事，不相怨也。"于是上大悔，复征诸方士。

按周先生的文章，大约二千一百四十个字左右，专疏李诗中的烛与帐有关连的，亦即疏释"蜡照"一联的，约占七百八十余字。疏释其他各联各句者，共约占五百三十余字。此外则为冒头与收尾，及引《汉武故事》等的文字。由此可以推知周先生对此诗意境的把握，是由《汉武故事》中"张帐明烛"四字所引起，也是以此四字为立论的主要根据的。对于"蜡照半笼金翡翠"一句，经过周先生详征博引后所得的结论是，"金翡翠"乃是笼在灯烛上的帷帐。就周先生所征引的典故看，其性质实同于今日的所谓"宫灯"。这一句的完全解释是"蜡照半笼于金翡翠的帷帐之中"。于是这一句"亦犹上文所引'设灯烛于幄帷'之谓耳"。

为了加强"金翡翠"是笼在蜡烛上的帷帐，以便与《汉武故事》中的烛与帐相应，对于下一句"麝香微度绣芙蓉"的"绣芙蓉"，周先生不甘心于"此谓褥也"的冯注，更引些典故，而断定"今与武帝少翁'设帷帐'事相对照，如释为帐，似亦未可厚非也"。但此句之帐，与上句之帐，到底是一是二？周先生没有明白告诉我们。总而言之，上面对烛与帐的疏解，是周先生把握此诗意境的骨干。

按《汉武故事》中的所谓"张帐"，不知还是张在室外，还是张在室中。若是张在室中，则应如今日在一间大房子中所张的大幕布，作间隔之用，此即《封禅书》中之所谓"居室帷中"的"室帷"。若是张在室外，则类似当时的所谓"甲帐"、"乙帐"，有如今日野营的帐篷。就"令上居他帐中，遥见李夫人"之语推之，这大概指的是设在室外的帐。但不论张设在室内室外，必须承认一点，在所张的帐内，必须能容许人在帐内活动。武帝固已明说是居在帐中；即"遥见李夫人"的帐，也是把一位长短肥瘦，与李夫人相同的少女，使帐中走动，借烛光之力，把少女的影子射在帐上，令想得发痴的武帝，误以为这是已死的李夫人的鬼魂的出现。此点在《汉书·外戚传》中记得更委曲尽致："乃夜张灯烛，设帷帐，陈酒肉，而令上居他帐。遥望见好女，如李夫人之貌，还幄坐而步。又不得就视。"为什么"不得就视"？一"就视"，把戏便拆穿了。所以《汉武故事》中所张之帐，绝不同于笼着灯烛之帐。笼着灯烛之帐，正如周先生引的萧纲《咏笼烛》诗，它可以"动焰翠帷里，散影罗帐前"；但决不能使汉武帝及另一少女，乃至真是一个鬼魂，活动在里面。把这一点弄清楚了，则周先生立论的骨干完全垮了。

二

周先生对全诗的解释，只顾在《汉武故事》及与此故事有关的材料上去附会，却全不理会，若按照他的解释，各句在全首中究竟是何意义？甚至一句中的一两个字，经周先生解释后，在全句中究竟是何意义？例如假使承认周先生的说法，这首诗是咏汉武为李夫人死后招魂的故事的，则贯注于全诗的，应当是汉武对李夫人的恋恋不已之情。此恋恋不已之情，总结在"刘郎已恨蓬山远，更隔蓬山一万重"两句。诗人有称唐明皇为"三郎"的，有把起事而尚未登极的皇帝偶称为某郎的；断乎没有把继业垂统的皇帝称为"郎"之理。周先生以此处的"刘郎"指的是汉武，已属过于奇特。退一万步，承认此处的"刘郎"指的是汉武；则此两句的感情，应当是以李夫人为对象。但周先生却说"少翁诛后，杳去'蓬山'，于是'大悔'，实即李诗'刘郎已恨蓬山远'之所据也"。这便变成了汉武和少翁恋爱，世间岂有如此大煞风景的恶诗？

更重要的是，上引《汉武故事》中的李夫人，是已经死了的人。而李商隐这首《无题》诗，分明是以活着的人为对象。但周先生对这种重大的分界，可以完全不管。周先生引了《外戚传》中所载武帝自作的哀悼李夫人的赋以后，作出判断说："据义山诗与武帝此赋，言意绝类。'命樔（剿）绝而不长'者，义山所谓'去绝踪'也。"但周先生没有想到在"去绝踪"三字上面，还有"来是空言"四字。这一句的解释应当是"说来却是空言，而一别即无踪迹"。此"空言"之"言"，必有出此言之人。李夫人未死时深居宫中，整天地是在"待幸"之中，岂有"来是空言"之理？已死之后，又怎样向武帝说"来"呢？若谓此"来"是就少翁招魂说的，则少翁招魂而魂至，不可谓之"空言"。但周先生在七字一句中，丢掉上面四个字，只附会下面三个字。周先生又说："'奄修夜之不阳'者，李诗所谓'月斜楼上五更钟'也。"按汉武赋的这一联是"释舆马于山椒兮，奄修夜之不阳"，这是说李夫人死了葬在坟墓之中，永无见到阳光之一日，颜《注》甚明甚确。李诗的"月斜楼上"的"楼上"不是坟墓。"五更钟"，乃夜将尽而天快晓之钟，决非"修夜之不阳"。后面更引刘赋"仁者不誓，岂约亲兮；既往不来，申以信兮；去彼昭昭，就冥冥兮"，谓"更与李诗'来是空言去绝踪'之辞旨相合"。殊不知此数语经如淳、师古，注之甚明，皆对死者申其不忘之意。而"就冥冥兮"更说的是死，其奈李诗中所咏之人并未死啊？

对于"梦为远别啼难唤"的解释是"刘彻赋，'悲愁于邑，喧不可止兮'，固类于李诗之所云'啼'。而'响不虚应'，正如颜师古注作'虚其应'，相当于李诗之'难唤'；盖谓伊人已远，唤之不应也"。殊不知周先生所引之赋词，乃承上文"弟子增欷，洿沫怅兮"而来；"弟"乃李夫人之弟，"子"乃李夫人之子。"喧不可止兮"之"喧"，乃李夫人之子的"喧"，故颜《注》引"朝鲜小儿泣不止"为释。这指的是李夫人之子昌邑王的啼哭，不是汉武自己在啼哭。退一万步，承认这是汉武帝的啼哭，也与李诗无干。因为李诗之"啼"，乃因"梦为远别"所发出的梦中之啼。尤其是李诗此句，分明有两个活着的人的活动：一个是梦为远别而梦中啼哭之人，此人当然是活人。一个是想唤醒梦中啼哭而半天唤不醒（"难唤"）之人，当然也是活人。这中间加入不进一个已经埋入墓中的李夫人（刘赋写至此，李夫人已入墓）。周先生又引《拾遗记》："帝息于延凉室，卧梦李夫人，授帝蘅芜之香；帝惊起，而香气犹着衣枕，历月不歇。帝弥思求，终不复见，涕泣洽席。遂改延凉室为遗芳梦室。"周先生因而断之曰："凡此所云'菱芙'（因离题太远，未转引）、'芳梦'、'涕泣洽席'等，亦未尝不可为'梦为远别啼难唤'与'麝香微度绣芙蓉'辞意之所本。"按与"芙蓉"、"翡翠"、"梦"、"香"、"啼"有关之故事，只要把类书翻开一查，可谓多得不可胜数。只看能不能与李诗全首全句的内涵乃至气氛相融洽。武帝的"涕泣洽席"，乃醒后之啼；更无人唤他，也是不俟人唤他之啼。武帝所梦之香，乃蘅芜之香，而非李诗中的麝香。李商隐若真"本"此以作诗，则称"蘅香"、"兰香"，而不称"麝香"，亦未必不雅。且李诗中的麝香，看不出由梦中而来。李诗中"书被催成墨未浓"及"更隔蓬山一万重"两句，实在与《汉武故事》沾染不上，所以周先生便一字不提了。

三

最重要的是，这首诗经过周先生这样一附会，扯捭得体无完肤，如何能贯穿下来把握这首诗的完整生命乃至统一气氛呢？

刘若愚教授采纳周先生的高见译成英文时，我听说刘先生的英文非常好；但这样的译法，大概只能译成一首日落的诗吧！商隐诗的晦涩，绝不同于今日西方所流行的白日梦的诗。可惜我不能读英文。

我最近才读到陆游《施司谏注东坡诗》序，序中谓范至能劝他注苏诗而他自称不能；陆氏并举"九重新扫旧巢痕"，乃指苏曾直史馆，至此史馆亦废之事而言，以见注苏诗之不易。我过去非常喜欢东坡《女王城》三首诗，但对上句所含的故实，并未能留心到陆氏的解释。不过诗人作品中有关私人的本事，是很难知道清楚的。因为感物兴怀，其中许多曲折，只有诗人自己能知道。同时的他人已不能尽知，何况后人？义山所创的《无题》诗，则其所感之物，诗人自己存心隐秘，后人更难一一指证。上面的《无题》诗，若如周先生之说，乃是咏史诗，不必以"无题"为名。当然周先生也提到，咏史诗中还是有诗人自己创作的动机，例如商隐的《李夫人》三首，即系自己悼亡之作。但咏史可以有题，而《无题》则几乎没有是咏史的；虽然里面可以用上许多掌故。然则对这类的诗怎么办呢？

我以为对这类的诗的欣赏，应分为两步。第一步只顺着字面去理解、咏讽下去。咏讽既深，然后就作者一生可以考知的行踪，乃至当时可以给作者以影响的时事，作概略性的考索印证。因为作者自己隐秘的细微曲折，我们越求详密，便会与题相去越远的。

李商隐上面的一首《无题》诗，并没有用多少典故。"金翡翠"、"绣芙蓉"这类的装饰，用得太广泛了，所以此处只求切题，而不必求出处。刘郎、蓬山的典故，也早普遍化了，只看他是如何地活用，万不可沾滞在典故的出处上。假定承认我这样说法，则这首诗只是李商隐在远行中，对一位爱情深厚的女子，写出分别后的苦思苦念。试本此意疏释如下：

来是空言去绝踪：这位女子在李远行以前，已离开李氏；但她离开的时候，本说还要再来一趟的；可是竟一去未来，而成为空言。这就更加深了李氏的万千怅恨。

月斜楼上五更钟：此句乃李氏点明他在道途上对此女人苦思苦念之时之地。

梦为远别啼难唤：此句是李氏回忆将别未别之前，此女子对此一别离的预感所流露出的难分难舍之情。此女子在梦中梦见与李氏远别，因而啼哭不止；李氏见她梦中啼哭，竟半天唤不醒。这是写此女子对李氏的爱情。爱情是两方面的。因有女子这样深厚的爱情，所以令李氏睡在月斜的楼上，一直苦思苦念到五更钟而尚未能入睡。

书被催成墨未浓：远行时甚为仓卒，写给她道别之书信，只好用淡墨写成。

此句亦可从另一面去解释，难于确定。此女子未能再来聚首话别，却有一封信来道别；但看她书信上的淡淡墨痕，可能连这封书信也是催促而成，未得从容尽意。

烛照半笼金翡翠，麝香微度绣芙蓉：此两句是李氏追忆他与这一女子相聚时的欢娱；正因为有这种欢娱，所以才有别后的苦忆。“金翡翠”我认为是帐（帏）的装饰，指的即是帐。“绣芙蓉”是褥的装饰，指的即是褥。《玉谿生诗笺注》卷三《灯》诗：“固应留半焰，回照下帏羞。”按灯与烛常混用。在上床之前，把灯焰改小，所以说“半笼”。

刘郎已恨蓬山远，更隔蓬山一万重：此两句言原来我们见面已不容易，何况今日更别你远行呢？

现在可以更进一步追问此诗中的女子，到底是什么人呢？张采田以为指的是李商隐与令狐绹的关系（见《李义山诗辨正》三一一页）。张采田对此类诗多作如此解释，把李商隐糟蹋得不成人样子，所以他实是李氏的罪人。岑仲勉责张的《年谱会笺》"常自认得玉谿三昧，详其实，则毁辱之谩骂之而已"，诚为确论。周先生大文中曾提到某君以为义山与二女有涉的说法。我看过某君的文章，那只能算是凭空造谣，不能算是考据。我在《环绕李义山〈锦瑟〉诗的诸问题》一文中，曾考证了李义山一生的不幸，是来自他的妇翁王茂元对他的嫌弃。他集中许多诗，都应顺着此一线索去了解。我的说法能否成立，有赖于留心义山的人，把各种说法，作客观的比较。在客观的比较下，我相信到现在为止，在论证上没有任何其他说法，能及我的说法明确合理。王茂元是煊赫一时的人物。李义山顺着当时的风气，开成二年成进士后为曲江之游（这是当时大家闺秀选夫婿的场面），与王家的幺小姐相遇而两情缱绻，但婚事却受到王家的反对而遇到阻碍。后来赖王家的另一女婿韩瞻（名诗人韩偓的父亲，与义山与同年）之助，于开成三年赴王茂元的幕府于泾原，因以成婚，时义山二十七岁。婚后夫妇的爱情虽笃，而岳家对他的白眼加甚，所以有《安定城楼》（王茂元为泾原节度使的治所）诗二首，及《回中牡丹为雨所败》诗一首。且义山在茂元幕府为书记，并未蒙"辟奏"，做的是黑市书记。义山因不容于岳家，乃于婚后之次年，即开成四年，转为秘书省校书郎，旋调补弘农尉，时义山二十八岁。开成五年，他的岳父由泾原调为朝官，声势更盛。但李义山因此不能在朝廷及近畿立足，由令狐绹之荐，随杨嗣复为江乡（湖南）之游，时义山二十九岁。但杨嗣复一再贬谪，次年，即会昌元年，义山三十岁，不得不由江乡还京。我以为上面的一首《无题》诗，乃赴江乡途中怀念恩情重渥的太太之作。详诗意，义山由泾原调秘书省校书郎时，他的太太依然住在泾原的娘家，但中间偶然来长安聚会一两次。此次江乡之游，他的太太未能赶来道别，所以有"来是空言去绝踪"之句。秘书省乃汉之东观，亦称仙室，亦称芸台，亦称兰台，亦称蓬观、蓬山。义山两入秘书省，所以诗中的"蓬山"，皆与此有关。"刘郎已恨蓬山远"，是说他由泾原幕府调秘书省，已恨夫妻的阻隔。"更隔蓬山一万重"，是说何况今日更为江乡之游呢？此诗后面还有三首，乃追忆与他的太太慕恋中的曲折。不再枝蔓下去。

《玉谿生诗笺注》卷二《崇让宅（他妇翁的洛阳宅）东亭醉后沔然有作》及《临发崇让宅紫薇》，这是赴江乡时的作品。《七月二十九日崇让宅谦作》，这是会昌元年由江乡返京，途经洛阳时所作。还有好几首是此时思内之作，互相参阅，更可帮助此处所讨论的《无题》诗的了解。

周先生是我所敬佩的朋友之一，并且有时能作出相当好的诗来。大概不会以我的意见为唐突西施吧！当然欢迎周先生及其他读者赐教的。

一九七一年五月三十一日《大陆杂志》第四十二卷第十期

论文学

白话、白话文、白话文学

"白"是"道白"、"说白"。"白话"是口里所道白的话。把口里所道白的话，用文字写了出来，此即所谓白话文。以文学的目的来写，并且写出了以后，也值得称为文学作品，此即所谓白话文学。白话、白话文、白话文学，是三种层次不同的断面。

因为有听的人，才会开口说话。所说的话，是说者与听者互相了解的桥梁。所以同是白话，也有好坏之分。最基本的衡量标准，就是作为桥梁的效率。人的理性虽然具有自然的条理，但说者系不知不觉地通过由自己的愿望而来的感情，才把话说了出来的；听的人，也是通过自己的感情才听了进去。感情是委曲万端的，理性所通过的感情，假定很调和适当，便可增强理性的力量，也即是增强了桥梁的效率。否则感情成为理性的障蔽，反增加彼此间的鸿沟。春秋时代，还没有现代文学创作的观念，当时所追求的是语言艺术。到了战国，便出现了今日的所谓文学活动。但纵横之士，还是凭借语言艺术。所以孔门四科中的"文学"，指的是一般书本上的学问，"语言"一科才具备今日的所谓文学的性格。

"我手写我口"，这便是白话文，但事实上并非如此简单。听者的对象、空间、时间，是有限定的。但阅者的对象、时间、空间，是没有限定的，能在有限定的对象、空间、时间中，完成桥梁的作用；未必就能在没有限定的对象、空间、时间中，也能完成桥梁的作用。更重要的是，在用口说的时候，十句话中，总有几句说得并不完全，但依然可以使听者听懂，这是因为得力于说话的神情、姿态、口调等的帮助。把说得并不完全的话，照样写下来，而失掉了那些帮助，便不能使阅者看懂。因此，白话文并不是"我手写我口"；而是要把我口回到我的心里，重新经营一番，才可以写出来作为写者与读者的桥梁的。今日所流行的录音讲演，在许多情形之下，是先把文字写好，再翻成口说的。由此可以了解，要把白话文写好，不是仅靠说话时下功夫，而是要在文字的组织上下功夫。年轻人下功夫的方法，便是把一篇短文写好，摆上两天三天，每天念一遍，改一遍。"这样写够明白吗？""这样写够顺畅吗？"有的地方啰苏，有的地方感到欠缺，有的地方感到晦涩，有的地方感到疲软。进一步，某一句多了一个字，某一句少了一个字，同样的意义，用彼一字，不如用此一字，较为显豁，或蕴藉，这在自己隔天（或隔半天）一念中，多可以念出来的，念出来了，便拼命改。下笔以前不经营，下笔成篇以后不修改，再是天资高的人，也不会写好白话文的。

白话文，写得好，可以说有某种文学的价值，但不是狭义的白话文学。并且现在社会流行的是白话文，但在今日要成为一个文学家，却比白话文没有流行以前，困难得多了。因为在白话文未流行以前，文言文只流动在少数人的圈子里，物以稀为贵，只要人能把文言写得通顺，或者大胆地把自己所想的故事，用白话写了出来，社会上便可承认你是一个"文人"，亦即是一个"文学家"。但今日教育普及，能写白话文的人太多了。因为这一"多"，淘汰性便较之过去特别大，社会的承认率更较之过去特别难了。

要成为一位白话文学家，基本条件当然是要能把白话文写好。但仅把白话文写好，并不能就算是一位白话文学家。白话所以成为文学，必须在作品中有更新、更深、更厚的文学内容，为一般白话文所不及。这便涉及到文学家的修养问题。文学家也和一般学问家一样，永远要保持新鲜的感觉。但一般学问家的新鲜感觉的对象常常是限定在某一门学问的自身，而文学家的新鲜感觉的对象，常常涉及于活的人生、社会。因为有这副新鲜感觉，便对自己的生活及生活的周围，都能发生兴趣。由有兴趣而观察下去，思索下去，便能在极寻常的事物中，发现出一般人所不曾，或不能发现的意味。顺着这种发现的意味，驱遣熟练的白话文写了出来，这便是文学作品。但这只有轻视世俗的名利，永远保持一颗天真无邪之心的人，才可以做得到；所以今日白话文虽很流行，而白话文学作品，却少而又少了。更深入下去，值得谈的问题更多，就说到这一点为止。

　　　　　　　　　　　　　　　　一九七一年七月一日《文学报》

论 "抽样" 之不可靠

——曹頫的笔迹与《乾隆甲戌脂砚斋重评石头记》的钞者问题

《明报月刊》在六十九、七十两期，刊出拙文《赵冈〈红楼梦新探〉的突破点》，里面曾指出赵先生认为继脂砚斋之后而写了不少评语的畸笏叟，即是曹雪芹的父亲曹頫的说法，为不可信。但在七十期同时刊出了赵先生及其夫人陈女士的《从曹頫的笔迹看〈石头记〉钞本》的大文，拿故宫博物院所藏曹頫的两件奏折的影印本，和乾隆甲戌本《石头记》钞本的笔迹相对照，认为两者的笔迹相同，由此更断定畸笏叟即是曹頫，今日所流传的己卯本、庚辰本、甲戌本三个钞本，都是曹頫在七十四五岁及其以后，为了生计而亲自钞写流传的。正如编者在七十期《编者的话》中所说，畸笏叟是否即是曹雪芹的父亲曹頫的问题，"赵、陈两先生从曹頫奏折及《石头记》钞本的笔迹比较，加以证明。徐复观先生则从合理不合理的角度，加以否定"。

若是赵、陈两先生的事实证明为正确无误，则我所据以作推理的条件并不完全；或我在推理过程中犯了错误，应当把自己的结论，立刻取消。

但我就赵、陈两先生所提出的曹頫两个奏折所影印出的笔迹与甲戌本《石头记》钞本笔迹两相比较，立刻感到二者并非出于一人之手。最明显的是奏折的捺，系顺笔向下拖。而甲戌本的捺，则在收笔处，顿笔微向上挑。这不是一个字、两个字的差异，而是全般的差异。并且由此一笔上的差异，可以细看出各字的横直点撇，无不差异。为使读者容易明了，现将奏折的"人"字与"今"字，和甲戌本开首第一页正面九行的"人"字和二十一页反面七行的"今"字，都照相放大为半寸，制版印在下面，以资比较。

奏折上的"人"字、"今"字　　甲戌钞本上的"人"字、"今"字

人　今　人　今

赵、陈两先生为了进一步证明二者是同一人的笔迹，更把奏折上写得与众不同的字挑出十五个，作为曹頫书法的特征，再把甲戌本上与此相同的十五个字影印出来，两相比较，"结果发现这十五个字的写法特征，都是保留着"。这是从字的形体结构上所作的比较。字的形体结构的比较，与字的笔迹比较，有相当大的分别，赵、陈两先生似乎把它混同起来了。兹先将赵先生抽出的十五个单字照原样印在下面：

曹頫奏折上的单字

熙钱单往收录将香密首崴带今函婉

甲戌本上的单字

照錢　往　　錄將省　吉歲帶今　繞

照錢埠往收錄將省宻吉歲帶今兩繞

首先我应指出的是，不合于六书的字体结构，必须在当时某一范围之内，已经流行，然后写的人才会写给他人看，而不感到他人不能认识。这即是所谓流行的俗体字。尤其是曹頫的奏折，是写给皇帝看的，他可以写上流行的俗体字，但不能写上"本店特制"的特征字。因此，赵、陈两先生挑出的十五个字，只能说是当时在某一范围内（例如是当时在北京范围之内或八旗范围之内）的俗体字，所以曹頫当时虽然年龄很轻，也便学到了，并在奏折中用上去。康熙在五十七年六月二日的批语中尚称曹頫作"无知小孩"，这不是在字体上能另成一体，以形成他的字体特征的年龄。了解到这一点，则曹頫用在奏折上的俗体字，在曹家生活圈子里的其他人，也可用来钞《石头记》。不能从这一点上证明用同一俗体字的即是同一个人。

况且我把甲戌本略略查了一下，发现同一个字常有不同于奏折上的写法。所以赵、陈两先生的抽样工作，做得并不完全。并且更可以证明由赵、陈两先生所抽出的字，不足以代表某一钞写者书法的特征。兹将甲戌本上不同于抽样的影印在下面：

錢 四十頁正面七行

錢 四十二頁反面三行 此形最多。全書中以全上四行。全書中以

單 一七二頁正面十二行

收 三四頁正面三行 全書中這種寫法最多

將 三十三頁正面三行

歲 一三三頁正面十三行

看 三七頁正面三行

帶 二十二頁正面十一行 全書中以這種寫法最多

帶 四十頁正面八行

總 三三頁反面三行

我可以负责地说一句，上面所举出与赵、陈两先生抽样不同的字，较之赵、陈两先生的抽样字，在全书绝对占多数。

把上面的书法问题，和其他种种条件，综合在一起思考，赵、陈两先生的说法，大概是站不住脚的。

一九七一年十一月《明报月刊》第六卷第十一期

敬答中文大学《红楼梦》研究小组汪立颖女士

一

不论以甚么典籍作对象，指导学生做研究工作，目的都在训练学生治学的方法。而治学方法的获得，必须以对知识的真诚为先决条件。目前台湾许多研究机构，变成了帮会组织的性格，便是缺少了这里所说的先决条件。

一九六七年上季，我在新亚书院新亚研究所当了五个月的客座教授，发现潘重规先生还是以他《〈红楼梦〉新解》的观点，指导他们成立的"《红楼梦》研究小组"（以后简称"红小组"）。因为我曾当过黄季刚先生的学生，而潘先生则是黄先生的东床佳婿，总算彼此间有点关系，便有一天约在九龙太子道一家咖啡馆内饮咖啡，劝他放弃这种没有任何直接间接证据的观点，顺着不断发现的资料，很平实地指导学生做点研究工作。把各种不同版本加以详细校勘，也是我这次提议的，但潘先生对自己的观点持之甚力。并且在他的做法与谈话中，了解他所以成立红小组，便在推销他的观点。我不是研究《红楼梦》的，尽到一点规劝之义也就算了。

去年十二月，我在《新亚学术年刊》十三期上，看到潘先生《〈红楼梦〉的发端》大文，以甲戌本"发端"的五条凡例，证明

《红楼梦》不是曹雪芹所作，而是明末清初的"石头"所作，或者称为是一位"隐名人士"所作。这五条凡例，即是出于这位"石头"或称为"隐名人士"之手；最低限度，也是出于与这位石头有密切关系者之手。我读完潘先生大文后，最使我起反感的是潘先生治学态度的"过分不诚实"。一个人，在用自己的姓名，写文章公之于读者，尚且用过分不诚实的态度，谁能相信他在单传密授地指导学生时，能用客观而诚实的态度？我素来是同情学生的，所以便在《明报月刊》七十二期上，发表了一篇《由潘重规先生〈红楼梦的发端〉略论学问的研究态度》一文（以后略称"原文"），希望对天真无邪的学生，发生一点抢救的作用。此文所以用我的内弟王世禄的名字，是因我和潘先生很熟识，在中国的人情上，留点儿见面的余地。

此文刊出后，红小组的蒋凤、汪立颖两位女士找我，我顺便回请她两位在一家北方馆子里吃水饺。两位实际已猜测到这篇文章是我写的，以很愤慨的情绪向我提出质问；当时蒋女士最愤慨的是文章中"潘先生已经是六十多岁的人了"的一句话；汪女士愤慨的是什么，当时还未能说出一个所以然来。但我已经预感到，这次红小组又要出阵了。

这些年来，潘先生的宣传、护法等工作，都是由红小组出面。此次汪立颖女士也是以"小组的分子"而出马，她在《明报月刊》七十四期上刊出了《谁"停留在猜谜的阶段"？》的大文。她在大文中强调了红小组的声势，并且通篇以悍泼之笔，发挥了红小组的威风。她要我"自己扪扪尚在跳动的心，是否会觉得'未免太残酷'呢？""王君满纸这一类自欺欺人的瞽说"，"明显地暴露出王君在研究工作中的观念不清的毛病"。"王君必须先将自己的思想滤清一下"，"这一派不伦不类的比喻"等等。当汪女士为了准备写有关中国哲学史方面的论文时，曾几次找我商讨，我真没有发现她有这样大的威风。潘先生高骑在这种威风的上面，俯视徐某被他的红小组的一员女将狠揍一顿，他的至高至上的声势，愈见烘托出来了。但是，这种法宝，对学术来说，是没有效果的。学术的是非，是决定于证据与推理，并不决定于声势。尤其我一生是不害怕声势的人。因此，我对于汪女士的大文，还是要答复一下，大概不致于像某先生在南洋大学的教室里挨到鸡蛋吧！

二

汪女士的大文首先是说我"攻击潘先生的态度是'不诚实'"，但我的文章却犯了汪女士如前面所指摘的许多罪名；总之一句，我的文章便是不诚实。我诚实不诚实，后面提到汪女士的"检讨"时再说。首先我要请汪女士注意的一点是，我在原文中所提出的潘先生治学态度不诚实的许多论证，在这篇大文中，并不曾作明确的解答。即是在汪女士这篇大文中，并没有去做她应做的工作。

我所谓治学态度的不诚实，是有一个界定的："……但如若（对材料）大量地断章取义，大量地曲解文意，这便是态度的不诚实。假定更进一步，抹煞重要的与自己的预定意见有相反的材料；而只在并不足以支持自己的预定意见，却用附会歪曲的方法，强为自己的预定结论作证明，这便是欺瞒，便是不诚实。"我不知道汪女士同不同意这个界定？如同意，则我再请汪女士注意：在我原文第二节中，所提到的明义《题〈红楼梦〉绝句二十首》的小序"曹子雪芹出所撰《红楼梦》……"这是曹雪芹还未死时所作的。永忠《因墨香得观〈红楼梦〉小说吊雪芹三绝句》，这是雪芹死后五年所作的。这都是论定《红楼梦》作者的第一手资料。潘先生大文中，对于证明曹雪芹是《红楼梦》的作者的许多资料，一字不提；却附会歪曲几条不足为反证的资料，以为他的"曹雪芹不是《红楼梦》的作者"的证据，这在我原文的第二节中，说得明明白白。一篇文章，完全抹煞与自己观点相反的证据，完全用歪曲附会的方法来作自己观点的证据。汪女士要否定这是态度的不诚实，便要针对我原文的第二节各点加以辩护。汪女士对于我原文第二节指证潘先生态度不诚实的许多证据，不能在潘先生的大文中，提出一条反证，这就算轻松地交代过去了吗？

潘先生最不诚实的地方，是对他所用到的资料，哪怕是极明显的文义，都作偷天换日的运用，否则他就是缺乏起码的阅读能力。他的所有论点，都是建立在这种"二者必居一于此"的基础上面。为了节省文字，我这里只随便举点例子。

潘先生的大文，是以甲戌本，尤其是甲戌本的"发端"为他的立足点的。他认为发端的五条凡例，是早在曹雪芹、脂砚以前的石头或隐名人士，或与隐名人士很亲密的人所写。但甲戌第一回：

> ……空空道人听如此说，思忖半晌，将这《石头记》再检阅一遍……因毫不干涉时世，方从头至尾抄录回来，问世传奇。因空见色……自色悟空，遂易名为情僧，"改"《石头记》为《情僧录》。"至"吴玉峰题曰红楼梦。东鲁孔梅

溪，则题曰风月宝鉴。后因曹雪芹于悼红轩中，披阅十载，
增删五次；纂成目录，分出章回，则题曰金陵十二钗……
"至"脂砚斋甲戌抄阅再评，"仍"用石头记。出则既明……

这是对问题有决定性的一段原始资料。我恳切希望读者注意我所
作的引号记号，这是解这段文字脉络的关键文字。在"将这《石
头记》再检阅一遍"的"石头记"三字旁，有朱批"本名"二字。
可知"石头记"是此书的本名，亦即是最早的名称，所以后面说
"至脂砚斋甲戌抄阅再评，仍用石头记"，此两句上一句开首用一
"至"字，下一句开首用一"仍"字；正说明此书的名称，由本
名为"石头记"，而经过了几度变更，到"至"脂砚斋在甲戌年
抄阅再评的时候，依然"仍"用回"石头记"的本名。这不是说
明此书定名的经过是甚么呢？但潘先生对这段材料，或者是装作
没有看懂，或者是真正不曾看懂，在他的大文中，发生了两个大
笑话。第一，他认为"'红楼梦'是本书最原始的书名"。这在上
段文字中，从"至吴玉峰"一句的"至"字看，怎能跳出这种高
见？凡例的第一条"此书题名极多，'红楼梦'是统其全部之名
也"，这是说吴玉峰就"全部"（百二十回或百一十回）的结局而
言，只不过是红楼一梦，所以便为此书取名"红楼梦"。这只是
说明"至吴玉峰题曰红楼梦"的用意，在这句话中未含有时间的
限定，甚么地方有"最原始的书名"的意思？他又说"是脂砚斋
甲戌抄阅再评时，采用'石头记'为书名"，于是他断定"石头
记"是脂砚斋所取的书名，而把这一句中的"至"字、"仍"字
抹煞掉了。他更引陈仲篪《谈〈己卯本脂砚斋重评石头记〉》的
一大段文字，以作为他的"'红楼梦'是本书最原始的书名"的

证明；所以紧接陈文后便说："照这样（按指所引陈文）说来，'红楼梦'确是原书原名。"但陈文考证的结论是甚么呢？"它（凡例第一条）证实了曹雪芹生前确曾一度用'红楼梦'作为全部书的总名。"潘先生便以为"确曾一度用"这几个字的意义，即等于"最原始的"、"原书原名"的意义；这到底是偷天换日呢？还是阅读能力低下呢？

第二个大笑话是，潘先生再三强调"凡例五条文字，是脂砚、雪芹以前的文字"；"根据甲戌本，我们看到第一回之前的凡例和总评（按指凡例第五条），乃是脂砚斋、曹雪芹以前的评语"。这是他主张《红楼梦》是明末清初的隐名氏所作，而不是曹雪芹所作的"唯一"的文字上的证据。但凡例第一条：

　　　　是书题名极多。"红楼梦"是总其全部之名也。又曰"风月宝鉴"，是戒妄动风月之情。又曰"石头记"，是自譬石头所记之事也。……然此书又名曰"金陵十二钗"……

据甲戌本，"风月宝鉴"之名是出于东鲁孔梅溪，许多人考定他是曹雪芹的弟弟曹棠村。"金陵十二钗"之名是出于曹雪芹，而"石头记"，据潘先生的意见，是定于脂砚斋。潘先生认定凡例五条是脂砚斋、曹雪芹以前的人所写的；为甚么凡例第一条主要便是解释由孔梅溪、曹雪芹、脂砚斋们所取的书名？稍有阅读能力的人，看了我前面所抄的甲戌本的一段话，能得出"凡例五条文字，是脂砚、雪芹以前的文字"，因而得到《红楼梦》是明末清初的隐名人士所作的结论吗？这里所说的两大笑话，是汪女士的恩师的"红学"的结晶；他的"坚实深稳的基础"，是在这种大笑话的考证上建立起来的。汪女士要为自己的恩师打不平，先应为他解答这种"中心论证"所引起的大笑话。

潘先生此文中所引用的文献，只要经过他一解释，便立刻都露出他这种"二者必居一于此"的马脚。我是以对学术的责任心来说这样的话。细心的读者，可覆按潘先生的原文。

三

现在讨论汪女士指摘我说话不根据事实，即亦是不诚实的地方。

汪女士举出的第一点是"王君说：'这些年来，该小组尚停顿在猜谜的阶段。'"大概我的这句话，是汪女士动笔写文章骂我的主要动机，所以她的大文便标为"谁'停留在猜谜的阶段'？"可是，汪女士！我的原文是"也有人批评这些年来，该小组停留在猜谜的阶段"。难道你不知道王世禄还活在人世，当着活着的人面前去砍下他的一条膀子，或当面抢去他的钱包，而这活着的人便不哼一声吗？你为甚么把"也有人批评"这几个字当着我的面偷掉？不偷掉这五个字，"该小组尚停留在猜谜的阶段"，我是转述他人的论断。偷掉这五个字，汪女士便把我转述他人的论断，转嫁为我的论断。汪女士大文的题目，便是由这种"偷龙转凤"的手法而来的。你恩师经常用这种方法，是面对着坟堆里的死人，或者是形格势禁，不能合并在一起的人。而王世禄却是活着的，可以到香港来的人。"其父杀人，其子必且行劫"，难道真是如此吗？

当然汪女士可以追问"你说也有人，是甚么人？"我告诉你，我指的是四近楼主在《明报月刊》六十六期的一篇文章。因为那次你们红小组曾出阵去打了一仗，你们自己知道得很清楚，无待我注明。四近楼主的文章，是因为你们在一次展览会中以猜谜作号召而写的，我对此，只作一客观的叙述，并没有表示赞否的态度，并且接着我代潘先生作解释。对潘先生《〈红楼梦〉的发端》的大文，认为"这正是为他的《〈红楼梦〉新解》求证据"。"求证据"便不是"猜谜"。我的文章写得清清楚楚。当然，汪女士的恩师，没有阅读能力，我不应当希望汪女士有阅读的能力。但怎样也不能在偷窃我的文字前提之下来展开向我骂战的阵势。汪女士觉得这是"王君"的不诚实呢？还是你自己因太不诚实以致流于偷窃对方文字呢？

　　至于汪女士接着摆出《红楼梦研究专刊》已经出版了八种等等；虽然你的恩师运用"夹要人"的方法，把红小组和他自己的文章，用这种方法"夹"出来，但印行一些资料，总是好事。不过，我要告诉汪女士两点：第一，你摆出的这一套来，和我所批评的你的恩师的大文，有甚么关系？难道因此便能把由不诚实，或缺乏阅读能力所写出的一句话（当然是指与他的论点有关的）也要不得的文章，改变成为一篇可以站得住脚的文章吗？第二，红小组只要是伸张汪女士恩师的"《红楼梦》的作者不是曹雪芹"，而是"明末清初的石头所作"的高见，再过十年百年，也决不能脱离猜谜的阶段，决无任何人能写出可称为考据性的文章。潘先生的高见，是沿袭蔡元培先生的《〈石头记〉索隐》而来。潘先生猜谜的本领，却远在蔡元培先生之下，因蔡先生懂得美术、文学。蔡的大著，经胡适先生批评后，无人能以考据的立场为蔡先生辩解，我断言纵有百十个红小组，也永远不能在考据的立场，推翻曹雪芹的著作权的一根毫毛。蔡先生的高处，他可以猜"朱者明也，汉也"这类的谜；但他的学术良知与常识，决不允许他写《〈红楼梦〉的发端》的这类文章。

四

汪女士说我第二点不诚实的，是因为说了"潘先生早出有一本《〈红楼梦〉新解》，此书出后，潘先生挨了胡适一顿骂，且亦未被红学界所注意"的话。对于我的话，汪女士说"但我们亦有权要求王君言行相顾，拿出证据来"。这要求是合理的。我手头并没有《反攻》杂志，感谢汪女士，为我把它影印出来了。

潘先生用潘夏的名字，在臧启芳先生（哲先）办的《反攻》半月刊上发表了《民族血泪铸成的〈红楼梦〉》一文，当时并没有引起一般人的注意。但臧先生把刊物特别寄给胡适先生，要胡先生发表意见，于是《反攻》四十六期上发表了胡先生复臧启芳先生的一封信，这样大家才轰传着胡适大骂潘重规了。我看到这期的《反攻》，当时觉得胡先生骂得太过火，尤其是出之以不屑不洁的口气。如"潘君的论点，还是'索隐'式的方法。他的方法，还是我在三十年前称为'猜笨谜'的方法"，"这种方法，全是穿凿附会，专寻一些琐碎枝节，来凑合一个人心里的成见。凡不合这个成见的，都撇开不问"，"这一句话（按指潘先生对传国玺与宝玉的关连的话）最可以表示'穿凿附会'的方法的自欺欺人"，"成见蔽人如此，讨论有何益处"等等。我只引他人说红小组"尚停顿在猜谜的阶段"，汪女士便用偷龙转凤的手法，向我大骂一通。而胡先生上面的毫不留情的斥责，汪女士却影印出来，以作为她的恩师的光宠；这和被有势者踢了一脚，引为莫大的荣耀，被无势者瞪了一眼，便从寨里一喝而出，刀剑齐飞的黑道江湖情形，有何分别？汪女士说："我们都知道潘先生在一九五一年曾与胡先生展开笔战，当时震动台湾……"按所谓"战"，是两方对阵交兵之谓；阿Q在土地庙前拿着捆腰用的草绳子横扭了一阵，这也算是"战"吗？红小组的组员们在一九五一年，大概在苏州，在香港，还没有离开妈妈的怀抱。我住在台湾，除了偶然笑谈一两句外，从来不知道"震动"了什么；汪女士还在襁抱之中，远在数千里之外，何以能"都知道"这种"震动"？潘先生大概不会无聊到这种程度，拿黄泥当黄金，自己贴向红小组来摆阔吧！

我也可以为潘先生打一个"圆场"。对文学艺术的欣赏，中间必定挟带着读者、观者的想象力在里面，也可说总会带有一些猜谜的气氛在里面。但总要以若干可信赖、经得起考证的材料作根据，而不能胡猜乱猜。在二十年后，潘先生所拿出的《〈红楼梦〉的发端》的大文，则是由二十年前的"穿凿附会"的"猜笨谜"，进步到偷天换日的考证。这是胡适之先生怎样也想不到的。

我说潘先生的《新解》，"亦未被红学界所注意"的话，汪女士引了下面的材料来反驳：

一是《反攻》杂志编者说潘先生到台湾大学作公开演讲，"听者对潘先生的真知灼见，莫不交口称誉"。我只知道台大的文史系，是胡适先生嫡系的势力范围，其中我有不少的朋友，他们会称誉潘先生的《新解》是"真知灼见"，奇谈！

二是李辰冬写给潘先生十分客气的长函，汪女士引来作我的话的反证。按潘先生当时出有《民族文选》，以蒋总统的文章为第一篇。此时大家初避难台湾，惊魂未定，而潘先生有此卓识，所以一炮而红得发紫。再加以潘先生的大文，又是扛着"民族"的大旗；李辰冬要说出自己不同的意见，而又不至于犯上大不韪，所以在信上客气到那样的程度。我没有看到李先生的长信，但从"如果与潘先生的意见完全相左，那也仅只是不同而已"的话看来，他是接受潘先生的高见，还是反对潘先生的高见？

三是茅盾在《关于曹雪芹》的文章中，"特别提到潘先生著的《〈红楼梦〉新解》"，这当然是光荣的；但请汪女士告诉我，茅盾是以怎样的口吻提到的？

四是"潘先生出席西德第十届汉学会议，潘先生提出论文，讨论热烈的情形……使小组同学很为兴奋"。这真是难得。不过我在一九六七年来港时，有两位出席过此一会议的朋友告诉我，当时外国汉学家质问潘先生，而潘先生支支吾吾的情形，使每个出席的中国人都觉得脸红。今年二月二十日早上，还有一位出席过会议的朋友在电话中把这件事告诉我，认为"简直是丢中国的人"。"内外异言"，倒令我无所适从了。

其实，汪女士摆出的四般武器，对问题来说，完全是无效的。我所说的"未被红学界注意"，是指潘先生的《新解》，没有被红学界任何人引用他研究中的任何一部分，未被认为是在全般研究中有某一部分的贡献。我不赞成胡适先生的自传说，但承认他在全般研究中有许多贡献。我更不赞成周汝昌的结论，但他在搜罗资料等方面，有许多贡献。我批评了赵冈先生的《〈红楼梦〉新探》，但我承认他在全般研究中的贡献。尤其是关于版本的考察，他做了许多细密而突破的工作。此外几十位红学家，总会找出一点来供人参考。汪女士能指出在某一红学专著专文中，曾承认过你的恩师的《新解》，有一点点贡献吗？至于印点资料出来送人情，拉关系，我也是很感谢他的一个。

五

以上把汪女士说我是"自欺欺人的瞽说"，——答复了，假定汪女士肯平心静气地看下来，汪女士加在我头上的帽子，大概要换上一个脑袋吧！

最没有办法的事是，汪女士以后的文章，是根据他们红小组在导师潘先生指导之下，对赵冈先生的《〈红楼梦〉新探》，集体检讨了半年以上所得的精英，来和我争论我原文第二节中所谈到的甲戌本的问题。但胡适先生已指出，不能和穿凿附会的人讨论问题，而我偏偏和进步到偷天换日，伟大得有如"爱因斯坦"（汪女士恭维她的恩师的说法）样的人，讨论问题。我万分佩服胡先生的明智。

我不是研究《红楼梦》的人，过去更没有留心到它的版本问题。我在《〈红楼梦新探〉的突破点》，及批评潘先生的原文中，稍微谈到版本问题，主要是得自吴世昌，尤其是得自赵冈先生《〈红楼梦〉新探》，我在原文中交代得清清楚楚。不过我读书比一般人稍为细密一点，所以又直接从可以看到的影印本中来印证吴、赵两先生的说法，而加以条理补充。汪女士说我的此段文章多出于《〈红楼梦〉新探》而未加注明，难说我是抄了赵先生的原文而不加注明，窃为己有吗？你的恩师大文谈到甲戌本处，多出于胡适先生的《考证〈红楼梦〉的新材料》等文，却连胡适先生的名字也不曾提到。汪女士何必玩弄这种"在鸡蛋中找骨头"的把戏？

汪女士把我原文中谈甲戌本的一段节抄以后，接着说："这文字一段，明显地暴露出王君在研究工作中的观念不清的毛病。现在逐点提出，向王君请教。"且看她请教些什么。汪女士说：

> 第一，将批语出现的时间，来断定正文底本出现的先后，这是将脂评与正文混为一谈的错误观念。

吴世昌、赵冈和我，都不主张用"甲戌本"的名称，因为"甲戌本"的名称乃是因为有"甲戌抄阅再评"的这句话；即认为这本子上的评语，都是在甲戌年所再评的，所以胡适便称为甲戌本。而评语中有许多甲戌以后的话，所以认胡先生的称呼为不当。潘先生则肯定用"甲戌本"的名称，正因为有"甲戌……再评"，便以评（批）语出现的时间（甲戌），作为此底本出现的时间。"甲戌本"一名之所以成立，正由批语的时间而来；汪女士不用这几句话去请教自己的恩师，却来质问我干什么？并且由批语的先后以推论版本的先后，这是考察《红楼梦》版本先后的重要手段之一，稍微有点版本常识的人便不能不承认。难道贵恩师连这点常识都没有吗？汪女士说：

> 而王君自以为正文与批语的笔迹一样，便是最坚强的证据了，岂不知现在所能见到的各种脂评本皆是过录本，皆是从脂砚斋手中的底本再度过录而成的。过录时当然需人抄写，那么，正文与批语的笔迹，"同出于一个人之手"，又何足以为"不可动摇的论证"？

按甲戌本的正文与批语，不仅皆出于一人之手。并且我还指出正文写得草率的，批语也写得草率；可见每一回的正文与批语，都是由一个人同时抄录的。汪女士提出甲戌本也是过录本，提得非常之好。因为胡适先生相信这是"直接抄本"；贵恩师继承胡说，在他的大文中没有提到这是过录本，所以我也未提到。此一过录本的正文与批语是出于一人一时抄写之笔，说明此一过录本的所有的朱笔批语，皆为他所根据的底本所固有；亦即丁亥、壬午的两条重要批语，皆为其底本所固有；所以不能认为上面的批语，皆出于甲戌。此底本既分明有甲戌年以后的批语，便证明此底本不是甲戌的底本，便不可漫称之为甲戌本。汪女士又说：

> 王君亦见到"自第六回后，把许多批语，写成正文下的双行批"，则这正可证明加批的时间和抄写（整理）的时间是两件事。从这条线下怎能推得其底本之非出于甲戌年？

假定现时所看到的过录的甲戌本的底本，硬是出于脂砚斋在甲戌年所抄所评的。则脂砚所用以作批阅的底本，必出于曹雪芹。曹雪芹不可能在正文中预先留下空白，让脂砚写正文下的双行批；脂砚本人，也不可能在抄正文时，预先留下双行批的空白。也不可能在用墨笔抄正文时忽然改用朱笔写几处双行批。这些批语并不是批注。因之脂砚甲戌年评阅过的底本，便不可能出现有双行批。底本没有双行批，过录本便不能于眉批夹批之外，自第六回起，出现双行批。现在我们看到的所谓甲戌本，除眉批夹批之外，又出现有双行批，这不能说是出于过录者之手。若如此，他为什么不把许多属于评正文一句两句的批，一起整理为双行批呢？可知双行批为他所根据的底本所固有。底本的双行批之出现，乃系由整理原有之眉批夹批而来。整理之时间，必在原有眉批夹批之后；所以由此可以推知此底本乃出在批书人脂砚斋批书之后，而不能认为即是脂砚甲戌年重批的本子。这种分析，是出自赵冈先生。红小组对赵先生的著作，集体研究了半年多，为什么一点益处也得不到呢？

把上面两个证据合在一起，互相补充，汪女士及贵恩师的思想，还不能"滤清一下"（汪女士对我的要求）吗？

汪女士的第二项，说"吴世昌反对胡适之定名为甲戌本，乃是就脂评立论，并未说正文不是甲戌年的底本"；汪女士引吴的一段话中，吴分明说"在这过录的底本中，明明有脂砚斋乾隆甲午（一七七四年）八月的评语，而胡博士硬把它叫作甲戌（一七五四年）本"。吴世昌所以反对"甲戌本"的名称，因为底本中有甲戌以后的甲午的批语，因此断定它不是甲戌年的底本，便不能以"甲戌本"命名。吴的意思表达得这样清楚；而汪女士有本领说"吴世昌反对胡适之定名为甲戌本，乃是就脂评立论，并未说正文不是甲戌年的底本"。不连带正文的"脂评"，也可以称为"本"吗？把他人的文义，作偷天换日的使用，汪女士真是潘门一杰。

汪女士又质问了我凭什么可以说"至脂砚斋甲戌抄阅再评，仍用石头记"，是"说明书名演变的经过"；请汪女士多读两遍我前面所录的有关原文好了，不必辞费。我认为"至吴玉峰题曰红楼梦"及"至脂砚斋甲戌抄阅再评，仍用石头记"两句，是"写（原文误作'抄'）此凡例的人特别加进去的"，汪女士问我是"什么推理过程"。因为凡例与此两句，皆为此本所独有。而写凡例的人的主要用心之一，我推测是为了在"石头记"一名大行之后，要保存"红楼梦"的名称，所以凡例首先提"红楼梦"一名的涵义。为了保存此一名称，便须叙述此书名称演变之经过，并说明当时何以只用"石头记"的名称的由来。这在我的原文中说得够清楚。这种"经验推理"，在汪女士的恩师面前可以过关吗？

汪女士又以有正本"原已颇清顺的'多用竹壁'，为何（甲戌本）反要改成不通的'多用竹篱木壁者多'呢？"以此证明有正本在甲戌本之后。按未住过产竹的穷乡僻壤的人，便会以"竹壁"为奇怪；所以所谓甲戌本便将"竹壁"改为"竹篱"；因"竹篱"一词远较"竹壁"一词为常见。甲戌本此句正因"多用竹壁"的"竹壁"一词的生僻，故加以修饰，而未及将"多用竹壁"的"多"字涂掉，过录者照样抄了下来，便变成了"多用竹篱木壁者多"的奇怪句子。此句的奇怪，乃在多出第一字的"多"字。由此一语之多出的一个"多"字，及将"竹壁"改为"竹篱"，正可以看出甲戌本修饰有正本的痕迹。若如汪女士之说，曹雪芹交给脂砚的原文，便是"多用竹篱木壁者多"的"不通的"句子，曹雪芹还写什么小说？胡适先生说潘先生对文字的解释是"恰得其反"，胡先生真看得透。更奇怪的是，俞平伯已举了很多例子证明甲戌本的文字较庚辰本的文字为妥切。赵冈先生《〈红楼梦〉新探》由一二五页到一三二页，由回目的改进，及批语的整理，以证明甲戌本在庚辰本之后，其中有许多不可动摇的铁证。然则汪女士对赵著参加了半年多的集体研究，除了恩师的秘传心印外，一点也不认真看懂他人的东西吗？这也难怪，一认真看懂他人的东西，恩师的法宝便会掉在地下完全失灵了。至于赵冈以有正本为最早，其论证具见于他的大著——一页到——四页，汪女士何妨瞒着恩师认真寻绎一下。以潘先生的治学态度与能力去批评赵冈有关版本的错误，可笑！汪女士又扯到所谓甲戌本第一回多出四百二十四字的问题，太超出于你们阅读能力之外，请收回去。

领教了汪女士们的版本知识后，还要提醒汪女士一句，即使甲戌本真是出于脂砚甲戌年的底本，也和你的恩师所说的《红楼梦》的作者不是曹雪芹而是明末清初的"石头"的主张，还相去十万八千里。

我说曹雪芹写开始一段自叙性的文字时的心境，与太史公写《史记》自序中"非所谓作也"一段文字的心境"完全是一样的"。这对于说司马迁作《史记》等于办报纸，自序等于发刊辞的人来说；对于没有史学常识，没有文学心灵的人来说，倒真是"一派不伦不类的比喻"了。

我原文附注的番号，排错了一个地方，承汪女士指出，非常感谢。但因此而汪女士写上三百字左右的教训性的文章，我感到汪女士太辛苦了。至于汪女士说"为存忠厚起见，也不想再说了"，我觉得以公开偷窃文字的手法来为恩师骂战，正可表现汪女士的愚忠愚孝，上可格天，决无有伤忠厚之虞的。

我突然记起《西游记》上，有一段说孙猴子大战二郎神，在没有办法时，摇身一变，变成一个小庙；但多出一条尾巴没法安置，只好顺尾巴生长的地方，变成旗杆，竖在庙的后面。二郎神一看，怎么旗杆会竖在庙的后面？便动手去拔那旗杆，于是逼得猴子现出原身来又拼战一番。我看到此，倒真觉得二郎神有点不存忠厚了。猴子的逼得把尾巴变成庙后的旗杆，就应当欣赏一番了事，何必再打？所以我以后除了警惕于前南洋大学中文系某主任之教训外，向红小组"免战高悬"了。

七二年三月六日于九龙客舍

一九七二年四月《明报月刊》第七卷第四期

敬答中文大学《红楼梦》研究小组汪立颖女士

从何写起

　　提起笔来写文章，实际是向无法见面或见面而不相识的人讲话。比讲话好一点的是，讲得不中听，在人情上，听者也非耐听不可，这样便更使听者厌烦，而讲的人对听者是在进行精神虐待。我当军人，听长官训话；当公务员，听主管训话；在命定的公众聚会中，听名人讲话；在教会学校，听牧师讲道，而实际也只是讲话；对这种精神虐待的严酷性，实在领受得太惨了；所以，我才一关一关地逃出来。汪中在吊湘兰文中道出自己的悲哀，认为他和这位名妓不同之点，仅在"差无床笫之辱耳"。我二十多年以来，一关一关地逃出，逃得颠沛流离，所换得的，只是差无"谨呈"之辱、听训之酷耳。文章写得不中看，读者可以干脆不看。尤其是报纸在各种物件中，是变成垃圾最快的物件。报纸上的文章，一开始便与垃圾同其命运。所以在报纸上写文章，较之向他人讲话，就所加于对象的精神虐待这一点来说，责任似乎比较轻些。

　　为了保持自己与他人之间的宁静，最好是甚么也不写，最低限度是少写。万一因许多原因而不能不写，则对读者的责任虽然比较轻，但对自己良心的责任却感到相当重。这样一来，"从何写起"的问题，不期然而然地会成为一个有压力性的问题。

动笔的时候，从表达"自我"对世界的感受写起吧！但一念反省之间，发现我的"自我"，乃是在苦闷中挣扎的自我。在苦闷中挣扎的自我所感受的世界，是杂乱分歧而幽暗的世界。这值得写吗？有些人说，世界的光明道路，已摆在各人的面前，只待各人有勇气走进去。但留心观察，走进去了的不少人，可能也正在痛苦中挣扎。这便更使我糊涂了。因此，若是把这种状态中的自我感觉写出来，这正是"以其昏昏，使人昭昭"的勾当。

　　但回头一想，各方面既都在挣扎，挣扎的本身并不能停下，而是要挣扎出一条正常人可以走下去的路。有这种可能吗？不妨暂时把挣扎的点滴，纪录下来，以待时间中的证验。上面的话，未免说得太严肃了。此外，在实利支配一切的社会里，假定能在文学艺术上，写点从容不迫，意味深长，可供大家百忙中稍堪玩味的东西，也或许不至投到垃圾堆中成为最脏的垃圾。说到这里，我又感到"写"比"讲"难得太多了。我自己能不能按照自己这份功课做下去，决没有半毫自信的。

　　　　　　　　一九七二年五月六日《明报·集思录》，署名王世高

老觉淡妆差有味

宋人（一时忘其姓名）有首咏牵牛花的绝句，末两句是"老觉淡妆差有味，满身秋露立多时"。三十年来，不断地想到这两句诗。每一想到，便觉得满身秋露，站在牵牛花前，低徊往复，怅惘不甘的这位老人，好像就是我自己；精神上仿佛澄汰了些甚么，感受到了些甚么。

淡妆是对浓妆来说的，也是对质朴来说的。浓妆，就时下说，头发堆得很高，眉毛安得很长，眼眶涂得很乌，脸上的妆底打得很厚，耳环吊得很长，唇膏涂得放光，香水喷得使人闻了要发晕，珠光宝气，压上"鸟雀之巢，可俯而窥也"的迷你装；诸如此类，谁能承认这不是美？但这是刺激性的美；这是用化妆品压盖着整个生命，只让生命凝缩到"一点"的美。这种美，对青年壮年人来说，当然成为诱惑，由诱惑而疯狂。但当一个人，由青而壮而老的时候，可能因经过刺激太多，不再感到这是刺激；或者因得到"五色令人目盲"的经验，反因刺激而引起烦腻。偶在街头相遇，浓妆美的担负者对付老人的方法，固然是把眼皮向上一翻；而阅历丰富的老人也仿佛在一瞥一瞬之间，便透视到浓妆里面正包裹着些甚么。此时的味，是胃病严重的人面对着红烧蹄膀的味。质朴是粗头乱服，毫不妆饰。此时的存在意义，乃是一个本来面目的意义，不一定是美的意义。若是以本来面目的意义而又兼有美的意义，这是千载难于一遇的大美。自此以下，可能便把质朴中所蕴藏的美，因粗头乱服而埋没掉了，这会使人世间归于枯槁寂寞，或许可以说人世间是索然无味的。

淡妆是存在于浓妆与质朴之间的仪态。不是不妆，而只是淡淡地妆；既显出了质朴中的美，又决不让化妆品和服装压盖了一个生命的本来纯洁之姿。这是与心灵融和在一起的从容宁静之美，这是没有凸出的横断面，却有深情远意，让人在这种深和远的意境中，暂时突破人世间的各种局限，而通向微茫绵邈、物我皆忘之美。一个满身疮痍的老人，骤然与此相遇，把早应当放下而苦于无法放下的许多纠缠，不知不觉地一时都放下了；使自己的生命，随着美的从容而从容，随着美的宁静而宁静，随着美的纯洁而纯洁；感到草草一生中，只有此时才真正忘记了自己，却真正享受了自己。这种淡妆之美，也是可遇而不可求。而这位诗人，却遇之于墙根架上的牵牛花，使他站在她面前低徊玩味，不惜沾上满身的秋露。而我却遇之于这位诗人的两句诗，使我三十年来，反复微吟低唱，而不知其所以然。谁能从淡中发现美，谁能领略淡即是美，大概才够得上谈中国的艺术，才够得上窥寻中国的艺术人生。

一九七二年五月三十日《明报·集思录》，署名王世高

老觉淡妆差有味

曹頫奏折的诸问题（附补记）

　　赵冈先生曾根据曹頫奏折的笔迹，证明《乾隆甲戌脂砚斋重评石头记》系曹頫所抄写，而曹頫系曹雪芹的父亲。我把两者的笔迹，互相对照，认为并不如赵先生所说；尤以笔迹中的"捺"，分别得更为明显；便选定奏折中的"人"、"今"两字，及甲戌抄本中的同样两字，皆放大为半寸，制版刊在一起，使读者一看即可明了两者并非出于一人之手。但赵先生又在《明报月刊》六卷十二期刊出一文，大意是说我对资料，没有他看得多。曹頫初期奏折的字迹，虽然与甲戌抄本的字迹不同；可是后期奏折的字迹，却演变得与甲戌抄本的字迹一样。并影印出许多"人"字、"今"字，以明演变之迹。我看完赵先生大文后，依然不十分了解。这次返台，看到《故宫文献》二卷二期，在五十三页说"本院现藏曹頫之奏折共四十六件，除请安折二十件不录外，本期影印计二十六件"。我把二十六件细阅一过，并没有发现赵先生所说的笔迹的演变。兹选定最早的奏折与最晚的奏折中的"今"字与"奴才"两字，各放大为半寸，制版刊出：

康熙五十四年三月初七日　　　　康熙五十九年二月初二日

康熙五十四年十一月初一日　　康熙五十八年六月十一日

令　　　　　　　令

　　《故宫文献》所影印的曹頫奏折，尽于康熙五十九年。此外尚有与李煦合奏一折，乃康熙五十九年六月初十日，此折笔迹不能断定是出于李煦之手，抑出于曹頫之手，故不采作抽样之用。

　　但在赵先生所提出的抽样中，的确有与甲戌抄本相似的，当然不怀疑那是出于赵先生的捏造。于是我在一月二十一日到故宫博物院去，调查未经影印出来的曹頫的最晚奏折，故宫保留的以雍正二年的为最晚。发现赵先生所抽出与甲戌抄本相似之字，皆由此而来。但我也立即发现奏折上面的字，与雍正朱批的字，乃出于一人之手；便向故宫对笔迹有研究的庄吉发先生请教。承他告诉我，康熙时的奏折与批语，都是奏者与批者的亲笔。雍正时代，有许多是出于重新抄录的。这里所看到的曹頫奏折和批语，都非亲笔，而是由一个人所重抄的。所以和影印出的曹頫的笔迹不同。我为了证明这点，便请一位刘先生帮忙找一份雍正二年的亲批笔迹对照，果然与曹頫奏折后批语的字迹，全不相同。我当即问他们两位，赵冈先生来此查阅时，何以未发现此点？承他两位见告，因赵先生调阅时，并未提出此一问题，故未奉告。赵先生的误认误断，至此已完全弄明白了。但不可因此而又推论甲戌抄本，即出于此一不知姓名的重抄奏折者之手。因为在科举时代，置身翰院而书法尚未成家的人，假定所习之帖相同，笔迹即大体相同。为了读者容易明了，特将重抄的曹頫奏折与批语的一面，及雍正亲笔批语，分别影印如下：

（这是重抄的）

萬歲開恩 玲全之至意為此具摺恭謝

天恩謹

奏

（批语是用朱笔重抄的）

須心口相應方好若景能如此則誠為大造化

人矣

（这是雍正亲笔）

雍正二年正月初七日

（这是雍正亲笔）

知道了譯審二字業持慰覽遠

（此系雍正二年在张大有奏折上的亲笔批语）

雍正貳年拾貳月初壹日

在《红楼梦》里面，还保有对清廷实含有无比痛愤的痕迹。贾宝玉上一代的三个男人的名字，假定也让我猜一次谜的话，或者都有寓意。贾政，堂皇的政令是假的。贾赦，慈悲的恩赦是假的。贾敬，严肃的理学是假的。这种痛愤的原因，在曹頫的奏折中，未尝不可探出一点消息。

首先我们应知道曹家与康熙之间，不是君臣关系，而系主奴关系。"人臣"的"臣"字，虽亦由奴虏演变而来，但后来一般之所谓臣，并未剥削作为一个"独立人格"的地位。"奴"在"主"的面前，并没有独立的人格；所以曹頫在奏折中，一再自称"包

　　　　　　　　　　　　　　　　　　　　论文学

衣下贱"。当他们凭"皇帝的奴才"得到各种特殊利益时，可以忘记自己的下贱；但一旦遇着主人认真把他们当"奴才"来糟蹋时，已经有了很高的文化修养的奴才，内心的痛苦，是可以想见的。

曹頫是在康熙五十四年二月二十八日到"江宁织造主事"之任。在康熙五十四年六月三日奏折的后面，康熙批上了"你家中大小事为何不奏闻"十一字；曹頫奉到此批后，便于五十四年七月十六日，奏上了如下的一折（未照原来格式）：

> ……蒙御批你家中大小事为何不奏闻，钦此；奴才跪读之下，不胜惶悚恐惧，感激涕零。窃奴才自幼蒙故父曹寅，带在江南抚养长大。今复荷蒙天高地厚洪恩，俾令承嗣父职。奴才到任以来，亦曾细为检查所有遗存产业，惟京中住房二所，外城鲜鱼口空房一所，通州典地六百亩，张家湾当铺一所，本银七千两。江南含山县田二百余亩，芜湖县田一百余亩，扬州旧房一所，此外并无买卖积蓄。奴才问母亲及家下管事人等，皆云奴才父亲在日费用很多，不能顾家。此田产数目，奴才哥哥曹颙，曾在主子跟前，面奏过的。幸蒙万岁天恩，赏了曹颙三万银子，才将私债还完了等语。奴才到任后，理宜即为奏闻。因事属猥屑，不敢轻率。今蒙天恩垂及，谨据实启奏。奴才若稍有欺隐，难逃万岁圣鉴。倘一经察出，奴才虽粉身碎骨，不足以蔽辜矣……

根据这份奏折，我们可以了解几件事情。（一）因为是主奴关系，所以主子要知道奴才的家务。（二）曹颙所报告的是"积蓄"，所以没有把他们在南京的住宅列在里面。（三）曹寅在日"费用很多"中的最大费用，当然是招待了五次康熙南巡。曹氏的家产，在当时已经算进入了窘境。康熙赏曹頫三万两银子还债，这是对曹家所以进入窘境的原因，作心照不宣的一点补偿。（四）康熙赏三万银子的另一意义，可以说是对曹寅经手款项的一个了结。所以康熙死后，雍正的追缴亏欠，乃是一种翻案。

康熙五十四年九月初一日的奏折，是为了征讨旺阿喇蒲坦，捐献银三千两。曹家此时家境已不易维持，但仍须忍痛捐献，这说明了奴才对主子的特别义务。康熙分明知道曹家此时已是家无余财，而对他的捐献，依然批着"交部了"，这说明清代皇帝，实际是纵容他的奴才们想办法弄钱，再转手献给主子，供主子特别开支之用；这可以说是清初帝室间接贪污之一法。

一九七二年一月二二日于台北

补　记

二月十八日自台返港，承友人送来《明报月刊》七十四期，内有赵冈先生《红学讨论的几点我见》及汪立颖女士的《谁"停留在猜谜的阶段"？》。《南北极》第二十期，内有赵冈先生的《〈红楼梦〉考证与文学创作》。汪女士的大文还没有拜读，但我一定会拜读、答复的。赵先生的大文，我这里只简单提出几点：

第一，赵先生始终反对我的表达方式；大概要用歪曲对方的论点，还要骂人"没有起码的学术良心"的表达方式，或者要用先加上不懂逻辑等大帽子，而又立刻以自己的"反逻辑"作他人罪名的方式。我对他人所加的断语，都是根据事实。有某类事实，便可用某类经许多人用过的断语。我有权利使用"名实相符"的约定俗成的词汇。我不是"娘娘腔"的人,不能写娘娘腔文章。文章风格是属于各人自己的。写文章用本名用笔名,是属于各人的自由,这种地方请赵先生高抬贵手,不必干涉。

第二点,赵先生在《南北极》的文章里说我不懂逻辑;举出的证明是引了我下面的几句话:

> 笔者对小说是完全没有研究的人。但就常识说,假定一部小说值得称为文学作品,应该具备两个条件:一是由"移感"而来的"共感"。一是由"想象"而来的"构成"。

赵先生于是根据自己的逻辑来下判断说:

> 我要附带一提:谦虚是美德,但不合逻辑的客套则不必要。徐先生全文主要就是以小说创造的理论为根据,来推翻考证的若干结论。但一上手先就说自己对小说"完全没有研究"。如果徐先生以专家的身份被邀请出庭作证,而第一句话就说自己对此专业完全没有研究,双方之一的辩护律师就会请庭上立刻阻止徐先生发言。这一句话是自己先否定自己的资格。

假定连"研究"和"常识"都分不清楚,这种人还有资格当律师吗?例如当 Lipps(1851—1914)提出"移感说"时,是出于他的"研究"。他的说法,经过许多文学理论、批评的书籍引用、发挥、补正后,便已经成为大家的"常识"。我平生遇的论敌很多。

其中我最讨厌的是"不就事论事",却先摆出什么"逻辑"、"语意学"、"西方"、"现代"等帽子来压人。结果无不是反转来压他自己,把问题扰乱。老实说一句,我的常识是相当丰富的,不是帽子可以随便压得下。至于赵先生把我上面所说的"常识",认为是我"一家之言",因而写下许多"全不相干"的话,我还和赵先生讨论什么呢?

一九七二年二月二十日早七时

一九七二年五月《明报月刊》第七卷第五期

从怪异小说看时代

一

二十世纪六十年代以来，形成文艺特色之一，是怪异小说的特别兴隆。假定文艺的大势可以反映时代，则由怪异小说特别兴隆所反映的，到底是怎样的一个时代呢？

从中国的情形看，因魏晋以来，佛典的大量翻译，轮回报应思想的普遍流行，由"街谈巷语"的小说，进而仍具备情节结构的小说，几乎是从六朝的怪异小说开始。所以唐代便称小说为"传奇"。在传奇中发挥出人的感情，这说明是由怪异的世界进入到人的世界，是小说随人类理性进步的一大进步。但一直到晚清社会小说流行以前，怪异小说在中国小说中实居于绝对优势的地位。

西方小说的历史我不太清楚。但可断言的是，经过十八世纪的启蒙运动以后，西方虽不断出现怪异小说，但在小说中占不到重要的地位，得不到太多的读者。二十世纪六十年代里，怪异小说却突然兴隆起来；首先表现在把早经过时的怪异小说出版，大量发行。其次是各民族间的怪异小说，互相流通，出现了各种投机的选集、全集。当然各国都有一批怪异小说作家，发挥千奇百怪的想象力，取得广大的读者，这些广大读者中，由高小年龄到退休以后的年龄，由高小程度到博士程度，其中以中学生的年龄及程度的占绝对优势。

我国由民初的鸳鸯蝴蝶派小说，进而以鲁迅开其端的写实主义的小说，约略支配了半个世纪。但在有相当自由的台湾和香港，大概从五十年代的中期，即进入怪异小说的时代，亦即进入到"武侠小说"的时代，由武侠小说而武侠电影，由武侠电影而派生出台湾电视上的武侠布袋戏。并且借武侠电影之力，使中国幼稚得可怜的电影作品，得进入到国际市场，这并不是来自一般人所说的"中国热"，而是来自时代的"怪异热"。这在台湾有两种的例子，一是胡适博士在未死前曾批评过武侠小说，立即得到有力的回骂，骂得胡博士及拥胡派扪口无言。另是每当武侠布袋戏在电视中出现时，台湾的农夫为之罢耕，商人为之罢市，议员为之罢议；以致领导当局，不能不设法加以限制。

二

这种由怪异小说所代表的国际性的怪异热，在科学普及的今天，究由何而来，其说不一。有的说，这很像法国大革命前所流行的隐秘主义及由萨得（M. De Sade）所代表的"黑暗文学"，是世界大革命的前锋。也有人说，因工商业的发达，大多数人，被陷入于机器活动及企业组织之中，加以工商业的管理，致使现代社会，成为"管理社会"。人生活在管理社会里面，总会有沉闷沉滞的感觉，要求从"管理社会"中逃避出来。少数稀癖逃到印度等带神秘气氛的地方，大多数人只有逃到怪异小说、电影中去。更有人说，有了"超现实主义"的艺术以后，随之而来的便应当是怪异小说。因为超现实主义者所表现的作品，不是生活在现实中的人所能把握、所能欣赏的。这只能满足作者的要求，无法满足观者的要求。怪异小说中的世界，不是现实世界，但依然可以被生活在现实世界中的人所了解、所欣赏。这意思是说，由超现实主义落实一步，便是怪异小说。若就我个人的体验来说，问题都没有上述的严重。在正式工作之余，用一点时间看点怪异小说，有如不吃辣子的人，脾胃呆滞时，偶然吃点辣子一样，在整个食品中，不一定有什么特殊意味。但这不能代表多数青少年的情形。

在近代，有三个诱惑人前进的大目标。首先出现的，是人类对财富观念的改变，认为财富不仅可以解决物质生活问题，而且也可代表人生价值。但稀癖出现原因之一，是在上一代积累了财富以后，下一代却对财富发生反感。其次是与追求财富关连在一起，出现科技万能论；认为科学技术，可以解答、解决人类任何问题。但第二次世界大战后，科学技术，得到飞跃的发展，精神上出现了虚无主义，更由核子武器问题、环境问题、资源问题、国与国间的贫富差距问题，感到科技正把人类驱向不可测度的深渊。再其次，是许多人认为只要用革命手段将社会体制加以改变，上述的财富问题、科学问题，都可迎刃而解。但客观的事实是，在旧体制中的，固然有些人想翻进社会主义体制中去；但住在社会主义体制中的，也不知有多少人要从里面翻出来。上述三大诱人的目标，互相纠缠，逼得有感受力的青年，无路可走，倒不如在怪异小说中吐一口气。

三

不仅如此，在现实世界中，也正翻腾着许多不可理喻的怪异事实，更增加了怪异小说的声势。由几十万年前所蓄积，由西方人士所发现、所开发的中东石油，竟成为阿拉伯人对付全自由世界一切人们的武器，一角美金一桶的成本，一下子翻到快两百倍的价格；而且还要高下随心，有无任意。自由世界每个人的生活，都颠倒于阿拉伯人的股掌之上，但自由世界各国却只求"火烧眉毛顾眼前"，无共同团结对付之道，这算不算怪异？以一切乘客为对象的劫机行动，愈来愈残暴，原来是由财富冲昏头脑的卡达菲所组织、所策动的，这算不算怪异？一定要有人当终身总统，形成一个小特殊集团，才能实行"东方式的民主"，才能抵抗共产主义，这算不算怪异？苏联建国了五十六年，根据索忍尼津的《古拉格群岛》一书的报告，原来是一片血腥统治；苏联统治者既不能从事实上加以否认，又不能从理论上加以解释，而只说暴露真实的即是叛徒，这算不算怪异？一个七亿多人口的国家，二千八百万党员的党，却只有自己的床头人才可掌握文教大权；为了掩护挖掉孔子的坟墓，为了掩护挖掉岳飞坟墓的滔天罪行，而发动"孔子是顽强拥护奴隶主利益"的"指鹿为马"运动，这算不算怪异？与其面对这些怪异现实，何如进入到怪异小说中，暂时蒙住对时代的眼睛，或者可以不致得精神狂乱病。

一九七四年一月三十日《华侨日报》

答杨牧问文学书

靖献：

　　今天我在三月份《幼狮月刊》上，看到你写给我的公开信，因为你对我期待太过，使我感到非常惭愧。不过你的谦虚，是来自求知而不自满的真诚，这表示了你纯真而精进不已的精神、性格。为你可预期的更大成就，私衷也不能已于一番欣慰。我希望你把教书的生活能加以"文学化"、"艺术化"，在教书生活中发现人生的乐趣，而不必存一种厌离的心理。假定你肯睡行军床（帆布床），则当你来香港时，便可住在我的寓所里。

　　我现正整理一篇刚写成的文章（《贾谊思想的再发现》），这也是我在习惯上最紧张的时候；对你所提出的问题，只能作简单的答复。

　　关于第一个问题，唐代古文运动，有三个要点：对骈文而言，重视散文的价值；对绮丽而言，重视素朴的意义；对内容而言，特重视儒家在人伦的承担（即所谓"文以载道"）。由此可以了解，刘彦和提出五经为文学的根源，提出"辞尚体要"，提出文学在政治社会的效用，提出人格在文学中的决定性的地位，并再三指出当时文学的流弊；又把史、子皆纳入文学的范围，这实已要求了古文运动的出现。再看《隋书·文学传》序（魏徵为主）、李百药

《北齐书·文苑传》叙、姚思廉《陈书·文学传》叙，及隋文帝开皇四年的诏书及李谔的文体论，即可了解隋及唐初，已开始展开了古文运动。韩愈的古文运动乃承此一大流所作的努力所得的成果，何得谓为来自唐代传奇？

关于第二个问题，我简单说明下面几点：（一）王国维氏有关的文章，我一时失检误记，有暇当再细阅一遍。（二）你所用的句型比较法，是很好的方法。但应注意到句型的延扩性与延续性。所以仅此不足以作时间与空间之断定。（三）我在《淮南子》的研究中，发现刘安们对《关雎》、《鹿鸣》的解释，全用《毛传》，是汉景帝时已有《毛传》。故由《后汉书·儒林传》所引起的误解，可一扫而空。（四）文献在传承中有增删润饰的观点，是可以成立的。据《诗序》，现传《商颂》，除以《长发》为大禘所用乐歌外，余则为祀成汤、祀高宗、祀中宗所用，其出于商之末季，可以想见。所以你对年代的推定，也可以成立。惟称荆楚始于鲁僖元年之说，不能成立，并且这是很危险的论证方法，因为我们不能完全看到鲁僖元年以前的文献。荆、楚原义，皆指丛生之木，可以互用。荆蛮、楚蛮是当时的中国所加的名称。《史记·楚世家》说成王"封熊绎于楚蛮"，"楚蛮"应为楚蛮所居之地。在熊绎受封以前，已有荆蛮之称，也应有楚蛮之称。《汲冢纪年存真》昭王十六年"伐楚荆，涉汉遇大兕"，这比鲁僖元年要早约两百多年。我又发现在《吕氏春秋》中，对楚国极少称之为楚，而绝对多数称之为荆。因当时秦、楚是敌国，所以吕不韦的门客，便多称之为荆，以示鄙薄之意。盖荆、楚虽可互称，但楚是经过成王封赐，等于是得到正式承认的名称，楚人便自称为楚而不称为荆，含有敌意的则仍称之为荆。

我两年来因忙于写《两汉思想史》（已有一册在印刷中，可能要写五册），对中国文学全未沾手。两月前应珠海书院之请，在香港大会堂讲了一次《王渔洋〈秋柳〉诗的欣赏》，听讲的中年以上的人都说讲得好，但我没有工夫写出来。祝你快乐。

　　　　　　　　　复观启　一九七五年三月十七夜

一九七五年五月一日《幼狮月刊》第四十一卷第五期

扬雄待诏承明之庭的年代问题
——敬答施之勉先生

《大陆杂志》五十一卷二期有施之勉先生《扬雄待诏承明之庭在成帝永始元年考》，是为了纠正我在《扬雄论究》中断定扬雄待诏承明之庭，不能早于元延元年的说法而写的。施先生是我衷心佩服的一位前辈先生。但在此一问题上，似乎有点误解。为了理清眉目，先列一简表如下：

成帝建始元年（纪前三十二年），即成帝即位改元之年，冬作南北郊，罢甘泉、汾阴祠。时扬雄年二十二。

永始元年（前十六年），《郊祀志》：三月，以未有皇孙，复甘泉、河东祠。时扬雄年三十八。施先生以雄此年待诏承明之庭。

按《成帝纪》记此事于永始三年冬十月庚辰。施先生以为应从《郊祀志》。姑从施先生之说，故改系于此。实则此事应从《帝纪》。盖另有说。

永始二年（前十五年）春正月己丑，大司马车骑将军王音薨。冬十一月行幸雍，祠五畤。时扬雄年三十九。

永始四年（前十三年）春正月行幸甘泉，郊泰畤，三月行幸河东，祠后土。时扬雄年四十一。

元延元年（前十二年）三月行幸雍，祠五畤。时扬雄年四十二。我以为他待诏承明之庭，不能早于此年。

元延二年（前十一年）春正月行幸甘泉，郊泰畤。三月行幸河东，祠后土。时扬雄年四十三。

元延三年（前十年）冬行幸长杨宫，从胡客大校猎。时扬雄年四十四。

按此事《成帝纪》系于元延二年。《资治通鉴》根据《雄传》，改系于此年。

再录《扬雄传》所记献赋材料于下：

> 孝成帝时，客有荐雄文似相如者。上方郊祠甘泉泰畤、汾阴后土，以求继嗣。召雄待诏承明之庭。正月从上甘泉，还奏《甘泉赋》以风……又是时赵昭仪方大幸，每上甘泉，常法从，在属车间豹尾中。故雄聊盛言车骑之众，参丽之驾，非所以感动天地……赋成奏之，天子异焉。其三月，将祭后土……还，上《河东赋》以劝……其十二月羽猎，雄从……故聊因《校猎赋》以风……明年，上将大夸胡人以多禽兽……输长杨射熊馆……令胡人手搏之，自取其获，上亲临观焉。是时农民不得收敛。雄从至射熊馆，还，上《长杨赋》……

按上文，扬雄待诏承明之庭后，共上《甘泉》、《河东》、《羽猎》、《长杨》四赋。《甘泉》、《河东》、《羽猎》三赋，系一年中所上。而奏《长杨赋》则系上此三赋之"明年"。施先生引《七略》云"《甘泉赋》，永始三年正月上。《羽猎赋》，永始三年十二月上"，以为可信。按《帝纪》,永始三年记有"冬十月庚辰,皇太后诏有司复甘泉泰畤、汾阴后土、雍五畤、陈仓陈宝祠,语在《郊祀志》";而《郊祀志》记此事于永始元年,施先生以《志》文为是,《帝纪》误也"。而《志》、《纪》在永始三年,皆无行幸甘泉之记载,何来有《甘泉》之赋?且即如《帝纪》,皇太后诏有司复甘泉泰畤等祠,在永始三年,"复祠"与"行幸郊祠"的性质完全不同。《七略》的记载,毫无事实根据。且与元延三年之上《长杨赋》,相隔四年之久,与《雄传》之所谓"明年"者悬隔。

《帝纪》永始"四年春正月行幸甘泉,郊泰畤……三月行幸河东,祠后土"。若扬雄在元延元年以前,已待诏承明之庭,则在此年上《甘泉》、《河东》、《羽猎》等三赋,有其可能。但有两点无法解释。第一,据《帝纪》,永始四年的行幸甘泉,乃成帝行幸甘泉的第一次。从《雄传》中《甘泉赋》后所记赵昭仪"每上甘泉,常法从"一语中的"每"字、"常"字推之,则雄作《甘泉赋》的这一次,决不是成帝行幸甘泉的第一次。第二,据《雄传》,奏《羽猎》之赋的"明年",即奏《长杨赋》。《羽猎赋》与《甘泉赋》,系同年所奏。若奏《甘泉赋》为永始四年,则奏《长杨赋》必为永始四年之"明年"的元延元年。但不论从《帝纪》或从《通鉴》看,元延元年决无行幸长杨宫、从胡客大校猎之事,因何而有《长杨赋》?

永始四年行幸甘泉后,隔了一年的元延"二年春正月,行幸甘泉,郊泰畤,三月行幸河东,祠后土"(《成帝纪》)。若雄于此年献《甘泉》、《河东》、《羽猎》三赋,既与本年的情事相合,又于明年(元延三年)奏《长杨赋》的时间亦甚相贴切。因此,我们可以确定扬雄奏《甘泉赋》是元延二年的事。

《扬雄传》："客有荐雄文似相如者，上方郊祠甘泉泰畤、汾阴后土，以求继嗣，召雄待诏承明之庭。正月从上甘泉。"由这段文字，可知这一连串的事情，在时间上是紧连在一起。"正月从上甘泉"既可断定是元延二年，所以我便推定雄待诏承明之庭，不能早于元延元年。

《扬雄传》，班固已指出是雄的自传。叙雄自身的经历，当自传与班赞发生冲突，而班赞自身，又含有不可解的矛盾时，我们还是信任与《成帝纪》相合的自传呢？还是信任自身含有矛盾的班赞呢？至于施先生所引的《七略》，与《帝纪》、《雄传》皆有矛盾，施先生也自己感觉到了。所以我不赞成施先生的说法。

一九七五年十二月十五日《大陆杂志》第五十一卷第六期

读冯至《论洋为中用》

一

十多年前，我读过冯至写的《杜甫传》。此书在台湾虽已经复印，但我手上的一本，却早不知丢到什么地方去了。回想我当时读它的时候，觉得这是写得很扎实的一本书。因此，最近我又读了他在一报纸上发表的《论洋为中用》的文章。假定略过他所不能不用的一些"套语"，我认为这依然是一篇有意义的文章。

这篇文章，当然是以反四人帮的文艺路线为目的。但文内说四人帮的罪恶活动有"十几年"。"十几年"的前几年，四人帮还未形成。所以他所说的四人帮的文艺路线，实际是毛泽东晚年的文化路线。文章中又引了不少毛泽东的语言，以作为批四人帮的根据。但这些语言，都是五十年代及其以前的。这等于是以前期的毛泽东，批评晚期的毛泽东。假定从这种地方看毛泽东思想的演变，及其如何而有此演变，倒是一个很有趣味的研究题目。但我写此文的目的不在此。

冯氏所要处理的有两种问题：一是古与今隔绝，洋与中互克的问题，这是中国约百年来的问题；另一是四人帮的问题，这是此文中所要处理的主要问题。

文中对四人帮的叙述是"他们摆出最革命的架式，否定一切。其罪恶目的，是让人民无知，以便于他们垄断和控制文化阵地，实行文化专制主义……他们控制着舆论宣传机构，帽子横飞，棍子乱打……外国的文学作品，出版社不出版，图书馆不借阅，报刊上不评介，学校里不讲授……而坏的、黄色的、反动的东西，却在暗处流行，甚至互相传抄"。"四人帮及其打手们，以愚昧无知为光荣，以胡说八道为权威，以打倒一切当革命。""四人帮鼓吹愚民政策，根本否定人类知识和文化传统（宁要没有文化的劳动者），要使人民都成为文盲而后快。"这里描出了"十几年"来的中共文化状况。

二

冯氏解决前一问题，似乎是采用毛的"源"与"流"的说法。人民的生活，是文艺创作的源。中外古典，对现时创作来说，则"不是源而是流"。"生活的源泉是主要的，古代和外来的流，也是不能缺少的。"这种说法的用意是可取的，但所用的"源"与"流"的语言逻辑则是不通的。流是由源流出，岂有今日的源，逆流到古，横流到外洋的道理。不过，在这种地方，我们可以略迹原心。

至于上述四人帮的文化路线，是共产党阶级理论极端化的结果，也是毛要超越前进，因而把一切力量，集中到阶级斗争之上的结果。要从这种结果中开出文艺、文化的出路，在我们的立场，只要强调，古今中外，一切的人，皆有共同的人性。共同的人性，在各种具体情况中实现时会表现为各种不同的特殊形态。其中最突出的，系由政治、经济不同的阶级所形成的对立的阶级性。阶级性可以掩没共同的人性，但不能消灭共同的人性。被压迫者的阶级性，较之压迫者的阶级性，常常是不自觉地接近于共同的人性。古今中外，凡是有价值的人、有价值的人文著作，必系由突破其阶级性以透露出共同的人性而来。价值的大小，由突破与透露的程度而定。这种道理，是随时随地都可以证明的。但在中国文化传统中，这种道理，到二千多年前的孔、孟、老、庄而已大明。但在西方文化传统中，却没有这一方面的发展，到现今还在摸索之中。于是中国文化之所谓人性的自觉，是由个性伸向群性的自觉。而西方文化中之所谓人性的自觉，则常停顿在个性的层面上，实即停顿在各人所属的阶级之上。所以马克思由此而强调阶级性，强调阶级斗争的唯物史观。冯氏便也无从顺着中国文化的大统来解决此一问题，而只好像一般宗教信徒样，不敢由现实问题自身的分析、综合以求解答的根据，而只能在自己所奉的经典中去求解答的根据。冯氏由此而引用了马克思、恩格斯、列宁、毛泽东、鲁迅的若干语言，以证明在不同阶级的历史中，依然可以产生有价值的文化、有价值的作品。例如他引用了恩格斯下面的说法："如果我们对这些问题（有关奴隶社会问题）深入地研究一下，那我们就一定会说……在当时的条件下，采用奴隶制，是一个巨大的进步。"这样便从四人帮的否定一切、打倒一切的闭锁中，找到一个缺口，而可谈"古为今用"、"洋为中用"的"用"了。至其中所包含的扞格，可暂时置之不论。

三

　　冯氏从浩瀚的有关文献中，引出了他们所需要的语言，是费了很大的功夫的。其中最有意义的语言，是来自恩格斯的《反杜林论》。例如恩格斯说，任何新的学说"必须首先从已有的思想材料出发"，这便值得今日许多人的三思。所引毛泽东说有些人"对于现状，对于历史，对于外国事物，没有历史唯物主义的批判精神，所谓坏，就是绝对的坏，一切皆坏，所谓好，就是绝对的好，一切皆好。这种形式主义地看问题的方法，就影响了从来这个运动（五四运动）的发展"。若把上面话中"历史唯物主义的批判精神"，改为"辩证法的批判精神"，则这段话便颇有意义。其实，正是毛泽东所斥责的坏则全坏，好便全好，中国的全坏，外国的全好的态度。引用他《看镜有感》中所说：我国"文化昌盛时期，对外来文化的输入很少禁忌，能够化为己有，供自己使用。在国势衰微……对外来的文化，却疑神疑鬼，不敢接纳"。并把汉唐的盛世跟南宋的衰弊陵夷之际，作了对比。这是就佛教进入到中国的情形而言。佛教到东汉明帝时候，已明确地进入到中国，到桓帝而其风始盛。桓帝时代，盛于明帝时代吗？佛教在六朝成为中国文化的主流，六朝能说是盛世吗？唐太宗对宗教，采取兼容并包政策，但中唐以后，佛教在政治社会的势力，不是继续增强扩大吗？五代时代，不是佛教的势力，几乎占领了政治、社会、文化的一切吗？南宋时代禅宗的流行面，会比北宋减少吗？共党既认为宗教是鸦片烟，冯氏在此文中，也提到此点。佛教对中国的影响，到底是正面的多，还是负面的多？若是正面的多，大陆上为什么只保存可作宣传之用的少数寺庙，而这少数寺庙中又为什么早无一个僧尼呢？则由韩愈到宋代理学家对佛教的批评，在文化的选择上，有什么不对？冯氏又引了鲁迅的"拿来主义"，这是把土改时期使地主扫地出门的方法，应用到对待古文化洋文化之上，尤为暴戾无知。

四

冯氏文章的第三节正面提出"外国文学，对我们能起什么作用"的问题。他在概略的说明中指出，"只有学，才能用；只有批判地学，才能用好"，是极有意义的，但在这两句话的前面，还应当加上一句："只有学，才能知道什么是有用，什么是无用。"并且因为学所达到的层次不同，对于有用与无用的判断也因之不同。在没有学以前，便下判断说，哪有用，哪无用，这是一种武断，甚至是一种胡说，必然阻碍学的进路。因此应当把学与用，分成两个阶段。在学的阶段，只可对作品作客观的分析、综合，以求把握它的背景、主题、结构，及其表现上的技巧，这是纯知识活动的阶段。此一阶段告一段落时，才落向有用无用的价值判断的阶段。不经过纯知识活动的阶段而遽然下价值判断固然无效，把价值判断，过早介入于知识活动之中，由此所得的知识及根据此种知识所作的价值判断，在效用上依然是可疑的。能做研究工作的知识分子，在脑筋中总会存有若干相关的观念，以作研究的导引。要使这种导引随研究工作的前进而得到修正，甚至加以放弃，不让它成为一种坚硬的格套，已经是不容易的事情。假定和统治者的意志经常沾连在一起，以是否合于统治者的意志，作为是否有用无用的价值判断的基准，把它压在学的过程上面，便会使学的过程，成为编造谎言的过程。中共今日所骂四人帮的文化路线，正是眼前的例证。所以我认为应当通过忘掉"用"的第一阶段，以进入判断"用"的第二阶段，此时的用才可信，才能用。

所谓"批判地学"的"批判"是贯通于两个阶段之中的。第一阶段的批判，是知识性的批判。学自身的历程，即是批判的历程。第二阶段的批判，是价值性的批判，此时才把作为价值判断的基准，加在知识的结论上作有用无用的衡量与反省。什么可作为价值判断的基准呢？就一般人来说，我以为应当是"我心甘情愿地当一个中国人"的意识，及由此意识而来的国家人民连带在一起的不容自已的责任心。一切自贱自卑、崇洋媚外的各种丑态，皆原于缺乏这种意识与责任心。有了这种意识与责任心，则可以接受次一级的作为价值基准的某些主义，也可以突破某些思想主义，而不至使其成为僵化的教条。僵化的教条，有如旧小说中的僵尸，任何人的僵尸，都是对人群有害的。

五

冯氏对于洋为中用的用，"粗略地归纳为以下的几点"。"第一，文学创作的互相借鉴，是文学历史发展的必然趋势。""不只是创作方面，在文艺理论方面，也需要借鉴。""第二……重视优秀的文艺作品所具有的认识价值。作品通过生动的人物形象，和感人的故事情节，描绘出复杂而丰富的社会图像，这不是他种学术著作所能代替的。""第三，启发读者，鼓舞读者，是文学本身应有的任务。""此外，中外古今的文学作品里，蕴藏着大量从生活中总结出的智慧，从斗争中取得的经验。"冯氏上面提出的四点，除了"鼓舞读者"一点应予保留外，都是可以成立的，都是有意义的，但依然应加以补充。

　　冯氏上面所提出的四点，都是站在"社会"的观点所提出来的。当然，文学的社会性，是构成文学价值乃至构成文学自身的基本条件。但文学家与社会学家不同，文学作品与社会的调查报告乃至社会学的著作也不同。这种不同，不仅在于抽象与形象的表现方式，社会调查报告，也常列出各种具体事例，甚至也加以描述。凡是具体的，即保有由具体而来的形象性。文学之不同于社会学，乃在作品中的社会性，是通过人的感情、心理状态的活动而展开的，即是通过人性的活动而展开的。人性发掘得越深，越可以发现在具体的个别的人性中所含的共通性越大。于是在作品中的"共感"越强，由具体形象所反映出的社会性也越丰富。谈文学中的社会性而不进入到人性的把握，这种社会性是无根的。谈人性而不承认人性自身所固有的共同性，而仅以阶级性代替人性，这实际是把具体的人，化为抽象的架空的人。这便不能了解中国和西方的古典作品及其相关的理论，也不能给冯氏所提出的四点"用"以究极的根据。"世界文学"的观念，是歌德提出的。歌德提出的根据，即在成功的文学作品中所表现的人性，是个别的、具体的，但同时也是普遍的、共通的。所以伟大的乡土文学、民族文学，同时即是世界文学。若仅从阶级性着眼，则只有苏联及东欧政权下的文学可用，而这些政权，又都与中共处于敌对的地位，则阶级性之不能成为文学最后的立足点，可谓彰彰明甚。

六

在冯氏文章中，也承认文学中的反抗性，这是一个重要问题。假定把"反抗"一词降为较弱势的"批评"一词，则可以说，凡是值得称为文学作品的，必然是对现实的政治、社会、人生，带有批评性的。批评性的消失，即是文学自身的消失。苏联革命前夕及初期有文学，进入到史达林时代以后，公式所捧的皆不足称为文学，足称为文学的，只有地下的，及作者因作品而被驱逐到国外或关入精神病院的。中国三十年代、四十年代有文学，进入到五十年代后有"半文学"，进入到文革后便没有文学，这完全是决定于批评性的存在与否。共党统治体制的奇异之点，是权力与真理，成正比例而同在。对统治者的批评，即是对革命对真理的反叛。于是人民即使都接受了社会主义，但由政策偏差而来的痛苦，由干部的喜怒无常乃至由骑在人民头上拉屎拉尿而来的痛苦，作者决不能感之于心，更不敢见之于笔。因为中共的统治者，还不能了解在作品中反映出人民的真实问题，是他们整党清政的最大助力。这样一来，毛泽东所说的"人民生活为创作之源"，实际成为"代人民说谎为创作之源"。此一基本问题不解决，则中共所说的百花齐放，只不过是在江青的样板之外，再增加几块样板。对古今中外的好文学，一点也用不上，这是对中共的真正考验。

一九七八年三月七日、二一日《华侨日报》

漫谈中共第四届文代大会

一

中共从十月三十日下午起，到十一月十六日止，在北京召开了第四届文代大会。我除了在中国古典文学方面，有一部分肤浅研究外，对现代文艺的情形，是非常隔膜，因而也是非常外行的。尤其是因为老年的迟钝，和生活的忙碌，许多想看的有关文艺的东西，已经收集到手，但没有时间看。这两年偶然看了巴金复出后的几篇杂文，使我对自己国家的无限期待之心，获得莫大的安慰。原来再凶猛的烈火，并没有烧焦他的良心；而他的清纯深稳的文章风格，也正是中国文艺中第一流的风格。从他的杂文中，看出了我们民族历劫不磨的生命。又因为偶然的机会，看了欧阳山的一篇驳斥"歌德派"的散文，刚正之气，锋利之笔，应当算是南天一柱。由此推想，除了在封建法西斯统治下必然产生"歌德派"这类不要脸的败类外，我们国家中，必然还有不少秉承人类伟大的文艺传统，为这一特殊时代，发出自己良心所不容自已的呼声的作者。于是我对文艺虽然外行，但依然关心中共这次的文代大会。这对中共的前途，也是一种重大考验。

大陆目前处境有如一个双脚被缚的人，只手拿着剪刀，要剪断缚在自己脚上的绳子，一只手又拿着另一条绳子要把万一剪断了绳子的双脚赶快重新缚上。到底是干脆丢掉绳子，或者是以绳子代替绳子，大概还在纠缠不清的阶段。此次文代大会，可能同样在剪刀与绳子的互相纠缠之中，而以剪刀稍占优势。

他们的作家协会，选茅盾为主席，巴金为第一副主席，此外包括有丁玲、冯至、欧阳山等人，我感到这是相当适当的。但文联又选周扬当主席，便不免有点泄气。第一，他虽然向丁玲们公开认错，并不等于承认了在他手上造成许多冤案的思想根子的错。第二，他是搞文艺运动的人。凡是在文化各部门中以搞运动起家的，必然对他所搞的运动后面的文化，缺乏真正认识，因而可以随时出卖。希望周扬今后不致如此。

二

在闭幕式中，夏衍谈了对文艺的三点意见。这或许可以看作是一个总结，三点意见中，以第一点谈思想解放问题，最为重要。他针对认为目前解放得太过的人们说，"在文艺界，思想解放不是过了头，而只是露了一点头。离真正的思想解放和文艺民主，还有一段距离"。这几句话说得很老实，因而也可提供中共文艺的前途以希望。

在夏衍的讲话中说到"在这次大会中接触到的必须研究的理论问题很多，如文艺必须为政治服务，文艺是否能仅仅概括为阶级斗争的工具的问题等等，这些问题，都有大胆地正视现实，而又认真地、实事求是地进行研究的必要"。这里的问题，正是世界所有共产政权压死文艺的基本问题，也正是大陆许多文艺作家在创巨痛深之余，要突破而在此次大会中并未能突破，但也未像过去样，当作金科玉律地当下承担下来的问题，这可以说是关系到文艺的死活，也关连到国运隆替的大问题。我想在这里为他们下一转语。

先说阶级斗争吧。假定要继续进行阶级斗争，则铁的事实证明，中国今日已由经济而来的阶级斗争，进入到由政治而来的阶级斗争的新阶段。即是聂荣臻说过的，干部"骑在人民头上拉屎拉尿"的政治压迫，或用另一种语言表达，即是大家共同承认的一层压一层的官僚主义的政治压迫，这是今后斗争的真正对象。最近轰动一时的《小骗子》的演出，正是文艺在这种新阶级斗争中的牛刀小试。假定中共的领导人，决心拨乱反正，提倡以这种新阶级斗争为文艺的题材，则中国文艺的繁荣，国运的昌隆，真是指日可待。并且我可以指出，传统中有价值的文艺作品，许多是环绕此一主题而产生的。所以对此一问题，大家不必争持，只要睁开眼睛认清今日的压迫与被压迫的阶级关系是什么，便可得到解决了，当然也并非以此概括整个的文艺活动。

三

恩格斯在《评普鲁士最近的书报检查令》一文中，引用了法国一位物理学家彪封所说的"文体（现时称为风格）就是人"的话，承认了作品与具有独特个性、经验、教义的"作者个人"，有不可分的关系。"作者个人"，除了感受力、观察力，较一般人特为锐敏，而又有表现的才能以外，在生活上与一般人并无分别。一般人，有个人生活，有社会生活，有政治生活，作家也是如此。只有政治生活而没有个人生活，没有社会生活，这是封建法西斯的最大罪恶。假定相信人类有前途，应当相信属于这类的政权，必然会归于消灭。每一层面的生活，都会发生问题，都会引起作家的感动，都会成为作家创作的题材；假定说创作是一种"服务"，作者是通过首先服务于自己被感动的良心，以推及于人生、社会、政治的各个生活层面，这中间不排除政治，当然也不是"唯有政治"。

但最基本的问题是，所谓政治，是由统治者与被统治者构成的。在上月叶剑英的讲话中，也承认人民是主人，而共干是人民的仆人。既是如此，则文艺为政治服务，即是文艺为人民服务。为人民服务的最大课题，是把人民受到错误政策及凶横仆人的灾祸，为人民描写出来，叫喊出来。中共的记者们，这一年多以来，也开始做了这一方面的若干"服务"，收到了若干效果。假定所有的文艺工作者，都向这一方面"服务"，在"拨乱反正"上，必然会发生更大的意义。只要不把政治的主体弄颠倒了，则中国文艺的发展方向，既不是"唯政治"的；但现阶段的主要任务，却应当是政治的层面。至于为错误的政策，为丑恶的干部，做此涂脂抹粉的勾当，把文艺工作者当作"霍家奴"，这是奴才为奴隶主服务，断然不能称为作家为政治服务。

一九七九年十一月二十日《华侨日报》

读艾青《新诗应该受到检验》

一

> 情悲意苦笔森严，浩气诗魂一例看。
> 常恐文章真脉绝，敛容灯下读宏篇。

有天晚饭后，翻开一九七九年《文学评论》五期，先看吴世昌的《重新评价历史人物——试论韩愈其人》，大概这位先生还没有摸到治学的门径，所以不知不觉地依然是秉承文革时代的余风。再看俞平伯的《略谈诗词的欣赏》，才知道此公对诗词的了解非常有限，颇为失望。我与新诗无缘，对这一门的行情当然不清楚；但在无可奈何的情绪下，又翻了诗人艾青的《新诗应该受到检验》，前半段还没有什么，看到后半段时，他把我心里所想讲的话，很概括、很简炼、很深刻地讲出来了，感动之余，便写下了上面的一首打油诗，盖所以志悲，亦所以志庆。

"常恐文章真脉绝"的感觉，不仅是面对文革的大悲剧，面对台湾、香港乃至美籍学人中的有些人士，二十多年来，心里也常常浮出这种感觉；尽管近来港、台两地的广告，突然出现了许多"经典之作"。偶然读了几篇巴金的《随想录》，得到不少安慰。现时《随想录》印出了第一集，我买了两册，一册寄给女儿，一册自己留着；我未必有时间全看，但感到身边应当有这样的一册书。现在又看到艾青的这篇短文，更确信文章的真脉不会绝灭。文章的真脉，即是国家、民族的真脉，即是国家民族，在任何苦难中得以站起来的真实力量。

"文章真脉"是什么？在二十二年前，我曾就孔颖达《毛诗正义》对《诗大序》的解释中所说，"诗人揽一国之意以为己心"，"诗人总天下之心，四方风俗，以为己意"的话，写了《传统文学思想中诗的个性与社会性问题》一文，特指出"诗人的个性，同时即是诗人的社会性。诗人的悲欢忧乐，必然是天下国家的悲欢忧乐"。去年九月二十二日，我在新亚研究所的文化讲座上，以"中国文学讨论中的迷失"为题，特指出从创造动机讲，中国文学，可分为三大类型，其中第一类型是"由感动而来的文学"。并指出感动可分为两种，一种是劳人思妇的"基源性的个体生命的感动"，这种感动是个人的，"同时即是万人万世的"。另一种是诗人在群体生活中生根，由此而发生个人与群体的"同命感"，由同命感而来的"群体生命的感动"。由上述两种感动而来的文学，即是中国文学的真脉。一个人再有天分，再有文采，但若在名利中纠缠不清，便怎样也写不出由感动而来的作品。

二

艾青的文章说："我曾经写了'诗人必须说真话'的一段话。面对着瞬息变幻的现实，诗人必须说出自己心里的话，写诗应该通过自己的心写，应该受自己良心的检查。所谓良心，就是人民的利益和愿望。人民的心是试金石。"

艾青的话说得太简单，应稍加补充。何以诗人的良心就是人民的利益与愿望呢？在人生命中的心，没有受到自私自利的污染时，便称为良心。孟子说，"心之官（任务）则思"，这和"目之官则视"，"耳之官则听"，是同样的由生理所发生的自然作用，与"唯心主义"的心，毫不相干。"心之官则思"的"思"字，是广义的，把"恻隐"、"是非"、"羞恶"、"辞让"乃至思考想象等，都包括在里面。就文学讲，也可以说"心之官则感"。感是"感通"、"感动"。他人的不幸，自然进入于自己的心中，有如自己的不幸一样，这是感通。随感通而涌出恻隐之心，这是感动。诗人是保持着自己的良心，而感通感动，较一般人更为锐敏的人，所以诗人的良心，必然以国家人民的利益、愿望为其真实内容，尤其是在苦难的时代。真的文学作品，便是把这种内容写出来的作品。遭遇到文革十多年的大悲剧，依然无动于衷，还要来"歌德"，还要来"长官意志"，这种人，用我们乡下的"大众语"表达，乃是"死心烂肺"、"寡廉鲜耻"的人。但正如艾青所说"为甚么人们不说自己心里的话呢？因为……说真话得到的惩罚是家破人亡"，"而幸福之门是向说谎者开的"。自古至今，统治者为了遂恶饰非，一定要制造一批说谎者的文学家、文学作品，但这种人、这种作品，不论是古色古香或洋腔洋调，乃至傍太阳、擎旗杆，总是死心烂肺、寡廉鲜耻的。

论文学

三

艾青又说："四人帮的罪恶，是一百年也写不完的。写了这些经历，无非让后世人得到教育，封建法西斯的统治，再也不能重复了。""人民渴望着多少有一点民主，多少有一点法制。""人民的眼睛，是被泪水擦亮的，人民的耳朵，是被魔笛的声音震醒的。"

这里我正有久蓄于衷的话，借这机会说出来，以作艾青的话的注解。孔子说"诗可以兴，可以观，可以群，可以怨"，兴观群怨，有相互的内在关连，我现只对"观"稍作解释。"观"即是"洞察"或"透视"。犯了罪行，做了丑事的人，他自身常不感到是罪是丑，因而会习惯性地重犯重做。未参与的人纵然知道是罪是丑，但也多是模糊而不够坚确，且又有由犯罪做丑所得的非法利益，随时可压盖那些模糊而不坚确的"知道"，便在某种机缘下有参与罪与丑的行列的可能。这样只会增加黑暗的质和量。但若经文学家以作品加以描写、咏叹，不仅"人们只要读到声泪俱下的作品，都会引起恻隐之心，加深对四人帮的痛恨"（艾青语）；而且可使犯过罪、做过丑的人们，改为观者的立场，对自己的罪行与丑态，来个洞察、透视，总会引起他若干廉耻之心、畏缩之念，这多少可以发生教育的作用。孔子说的"可以观"，是说通过诗歌的描写咏叹，而可使人（包括罪行者）洞察、透视人间的罪行与丑态。大陆上今天还有大量的四人帮余孽，随时"想假极左思潮的翻案风跳起忠字舞"（艾青语），重来一套打、砸、抢、乱。所以大陆的作家们，正应全心全力，把二十多年来自身的悲惨遭遇，人民的悲惨遭遇，国家的悲惨遭遇，以各种形式发挥写实主义的功能，写了出来，让大家一齐洞察透视这些罪行丑态，使其无所遁形，然后才能真正回心转意，兴起向善、向前、向上之心。换言之必须先通过"可以观"，然后能引起"可以兴"的动力。于此而有所含糊，便是愚蠢。于此而有所回护，便是罪恶。

一九八〇年二月二十七日《华侨日报》

文艺与政治

——由《七十年代》两篇文章所引起的思考

一

中共自邓小平一月十六日讲话以来，以比较温和的方式，开始收紧文艺写作的方向，原因是"文艺不能脱离政治"。当前政治的迫切要求是安定团结，"文艺工作者应以安定团结为重"；而一九七九年以来影响较大的作品，偏以描写阴暗面，给政治的安定团结以不良影响。《七十年代》编者李怡先生，对此"不免有了一些感慨"，于是在五月号刊出了《中国新写实主义的兴起》，很生动地叙述了中共新决策的背景，并对新决策作了平实而深刻的批评。六月号增刊一册《中国新写实主义文艺作品选》，同时刊出《文艺新作中所反映的中国现实》以作为选集的序文。他在这篇文章中发挥高度综合分析的能力，表达了对国家沉重的心情，我读了这两篇难得的文章后，对文艺与政治的关系，引起了一番思考。并觉得邓小平对文艺脱离了政治的顾虑，是大可不必的顾虑。

"新写实主义"，是李先生用以概括"这一年来，特别是最近几个月来"，大陆上出现的值得注意的作品的。据李先生分析，一九七八年比较成功的作品，可概称为"伤痕文学"。"去年（七九年）上半年，大量文艺作品，仍然以反映文革的黑暗时期或追溯至五七年反右以来的左倾路线为主题。"但在两点上与七八年的伤痕文学不同：一是"作者们已不满足于反映黑暗时代的创伤，而是要进一步剖析，为什么造成这样的创伤"；二是"大批一九五七年被打成右派的中年作家在文坛上的活跃，他们的写作技巧"，是"大部分伤痕文学不能比拟的"。

李先生更分析说，"去年下半年，作家们的笔触已大量地从历史的悲剧……转为党所犯的严重错误，官僚主义者和特权阶层，以至制度的问题等等了"。此一转向，是如实地说明中共打倒四人帮后，并没有真正解决自身所积累的严重问题。这是很自然的发展。但正因为这一发展，"超越了当局的容忍度"，而引起目前的收紧政策。

二

李先生在六月号的文章中，首先指出，通过去年春季开始的作品所反映出的中国实相，是"经济停滞，贫穷落后的农村，生产不前，管理混乱的工厂，矛盾重重，人际关系复杂，官僚主义盛行的行政机构，各级干部利用特权谋取个人利益，不顾老百姓死活的丑恶嘴脸……使一个正直的人很难维持清白，使一个决心搞好工作的人充满了困难掣肘的体制……致使社会缺乏生机，不同等级、不同年龄的人，造成了难以逾越的鸿沟……"他还说："每一个人，都有更多的勇气去忍受他人身上的痛苦，然而当百分之一的痛苦发生在自己身上，往往就不易忍受。"我不知道，海内外的"马屁作家"，看到这两句话，会不会感到愧耻。

据李先生分析，作品中所反映出的无孔不入的官僚主义特权思想，主要是出在"官复原职"的老干部身上。"使特权阶层的思想作风，在四人帮倒台后，非但得不到抑止，甚且在更大的范围内泛滥。"

李先生还提出了极有意义的对比，"自四十年代以来，无论是延安时期还是中共建国以后，中共统治区的文艺作品中的正面形象，绝大部分都是中共党员、干部或军人"，任何困难，他们都能解决，"看上去像神不像人"。"人民群众成了阿斗，英雄都是党员干部。"但"在大部分新写实主义文艺作品中，被正面肯定的，都是普普通通的老百姓"。"他们（老百姓）为人正直，与在同一作品中出现的党员干部相比，具有高得多的道德水准。""在他们身上显示出勤劳、朴素、善良的中国人民的特有品质。"由此可知，只有在这类作品中，才有中国人民的存在。这才算接触到了历史的底流，并提供了对未来的希望。

另一有趣味的对比是，中年作家，对干部的批评比较温和，因为他们"经历过中共领导干部保有良好作风的时代"。年轻作家的批评性则较强烈，因为"他们见到的是'有权就有一切'的生活现实"。

最后李先生提出的问题是"我们是宁可快快乐乐地活在谎言中呢，还是痛心疾首地去面对现实呢？"

三

由上面片断的引用，可以了解，不论伤痕文学及新写实主义文学，他们彻头彻尾都是政治的。人类良心，若不是受到特别压迫和污染，便自自然然地会集注在他们所遇到的严重问题之上。只有当政治不成为严重问题时，文艺才会转向人生其他方面而脱离现实政治，这与中国现实上的距离还远得很。至于说这种作品，会影响到安定团结，会影响到民心士气，这完全是颠倒之见。藏垢纳污的安定团结，是酝酿更大分裂，酝酿更大动乱的自欺欺人的安定团结。只有涤垢除污，才能得到真正的安定团结。这类作品，正是涤垢除污的导引与助力。国内外的希望，都是寄托在中共"能变"的上面；因掩饰真实而因循不变，只会灰天下人的心，绝天下人的望，这类作品正是变的动力、变的催生剂。政治上与这类作品为仇，这类作品便是政治的丧钟；政治上与这类作品为友，这类作品便是政治新生的启明。这类作品对政治的关系，完全是由领导者的识与量来决定的。

我了解，中共领导层中，也有人的确想涤垢除污，也有人的确想把死局变成活局。但他们的做法，依然是"家训"性格，不愿有家庭以外的力量参与。"家训"是很重要的，但仅靠家训并不能教好子弟，所以"古人易子而教"。即是一定要有来自社会的"社训"力量，与家训相配合，子弟才易教好。这类文艺作品，应当看作是由社会来的"社训"，是中共整党所不能不借重的。

一九八〇年六月十日《华侨日报》

论文学

读王利器《文心雕龙校证》

一

我看到王利器氏的著作，有《盐铁论校注》，和今年（一九八一年）一月出版的《风俗通义校注》，都相当精博，为读此两书的人提供了很大的便利。此外还有《颜氏家训集解》，朋友告诉我，比周法高教授写得好，可惜我不曾买到。我以同样期待的心情，买了他去年八月出版的《文心雕龙校证》，却使我相当失望。第一，他只把前人已校出的间或补充一点材料，没有新校出什么，而且有校而无注。全书之所以有三百七十页，乃是把前人所校的集录在一起。对阅读《文心雕龙》的人而言，王著远不及杨明照的《校注》，实际是在可有可无之列。

但我写此文的动机，主要是因为王氏在书的前面写了一篇相当长的《序录》，把《文心雕龙》的内容作了过分的歪曲。这种情形，在有关研究《文心雕龙》的著作中，相当普遍，几乎无从批评起。但出之于学有根柢的王氏之手，我便感到值得提出来加以讨论。以后顺着他文章的次序讨论下去。

首先是王氏站在阶级理论的立场，对刘彦和（勰）作了人格上的诬蔑。王氏认为"刘彦和是没落的地主阶级的知识分子——

士族"，所以"向上爬的思想，随时都在暴露出来"。《彦和本传》说他撰成《文心雕龙》五十篇"未为时流所称。勰自重其文，欲取定于沈约……乃负其书候约出，干之于车前，状若货鬻者，约便命取读，大重之，谓为深得文理，常陈诸几案"。王氏认为"这一重公案，大有微妙的渊源在"。他指出沈约撰《四声谱》，风行一时。"由于这种人为的音律"，"大大地违反了自然的音律"，所以钟嵘《诗品》，极不以为然；"而彦和独于此时拿他走沈约《四声谱》的路子的作品去干沈约；当然，在沈约读到《文心·声律》篇的时候，自然会引以为唯一的知音而常陈诸几案了"。刘彦和之"所以要走当时'贵盛'沈约的路子，无非是要达到他向上爬的幻想"。但当彦和"没有达到升官发财的希望时"，于是长期在"精神苦闷消极"中，"终于由内在的悲观和外在的条件而出了家"。总之，刘彦和的一生，就是一个典型的没落的地主阶级的知识分子矛盾的悲剧。

我认为阶级意识对一个人的思想，有某种程度的影响，但非决定性的绝对性的影响；随每个人在人格与知识的升进而作各种程度不同的突破。只有承认此一事实，才能了解历史文化，才有历史文化可言。王氏所读的古典，有哪一部是出于无产阶级，或著书时还是雇贫呢？王氏处处以没落的士族作为贬黜《文心》价值的根据，这完全是由教条主义而来的自我断灭的框框。何况王元化在《刘勰身世与士庶区别问题》（见王著《〈文心雕龙〉创作论》）一文中，举三证以证明刘彦和决非士族而系庶族，并以《程器》篇中所反映的思想为补充证据。又考出定林寺僧在当时很有地位，沈约与定林寺僧有关系；刘彦和在定林寺已寄住很久，他所以不能通过寺僧的关系去见沈约，而须装成小贩才能见到，是

　　　　　　　　　　　　　　　　　　　　　　　论文学

因沈约严士庶之分，但士族不拒绝与商贩接触。王元化又在《〈灭惑论〉与刘勰的前后期思想变化》一文中，详细论证了以《灭惑论》为标志，刘勰入梁以后，思想由儒而更深转向佛教的经过。他的"自誓"出家，乃出于他思想转向的结果。王元化写此两文时，看到了王利器的《文心雕龙校证》，可以说是对王著的反驳；所以王的基本立足点早经站不住了。

其次要说明的是，四声的发现，是由长期酝酿演进而来（请参阅夏承焘《四声绎说》），在语言学及文学上都有特定的意义。四声由何人首先发现，难以论定。钟嵘《诗品》谓"王元长（王融）创其首，谢朓、沈约扬其波"。萧子显《南齐书》四十一《周颙传》则载他出口便四声迭用以成音调。《南史》四十八《陆厥传》载"时有王斌者，不知何许人，著《四声论》行于时"。所以这是属于一个时代的发现，而决不能属于沈约一人。古代诗歌本与音乐不可分。诗歌的特性，即在感情的自身要求音乐化；因而要求作为媒材的语言文字也音乐化。诗与音乐分途后，此一要求愈切，永明体的出现，决非偶然。而钟嵘《诗品》序"今既不被管弦，亦何取于音乐耶"的见解是错误的。沈约们之所以为人诟病，不在他们发现了四声，而是他们主张在每一句中都要四声迭用，并谱成一种固定格式，这才是钟嵘所说的"襞积细微"，"伤其真美"，"平上去入，则余病未能"。此一问题，直到在作品中不分四声迭用而只分平仄（或称浮切）二声迭用，始得到解决；今体诗由此得以成立，历千余年而不能废。其实当时虽只有浮切之名而无平仄（侧）之名，但钟嵘事实上已承认了平仄的要求，他举的"置酒高堂上"、"明月照高楼"的例句，都是合乎平仄的。

刘彦和的《声律》篇，虽受了当时四声说的影响，但依然经

过了他自己的截断。他不主张运用四声作诗赋，以致流于"喉舌
纠纷"，所以篇中未出四声之名。他实际是主张二声迭用，但他不
用沈约们惯用的"浮切"，而另制"飞沉"一词。据他"沉则响发
而（如）断，飞则声飏不还"的解释，"飞沉"即是"浮切"，即
是"平仄"。他对飞沉二声迭用的方法，不接受沈约在《四声谱》
中所定的格式，而主张"寄在吟咏"，即是作者在吟咏中作"左碍
而寻右，末滞而讨前"的声调自然性的调整；此法至今依然为每
一诗人所不能废。文章艺术性的重要表现，主要是由辞采与声调
交织所形成的气氛。在相如论赋、陆机论文中，早已说得很清楚。
刘彦和既写了《情采》篇以论文章中运用辞采的方法，便必然要
写《声律》篇以论文章中运用声调的方法。这是他在全书结构中
所必不能少的一章。彦和以庶族寒门的地位，写了这样一部书，
不为时人所重，因而想求一位有学问有地位的人物加以证定，此
乃人情之常，即在今天还有这种情形。《文心雕龙》一书，在中国
文学批评上，至今还没有第二部书可与它比拟；沈约谓为"深得
文理"，乃出于是非之公；纪昀以这是出于文章门户之私，足以证
明纪昀的无识。王氏更进一步认为彦和写《声律》篇是为了逢迎
沈约的贵盛，以遂其上爬的心理；沈约的所以重视《文心雕龙》，
是为了刘彦和乃他的《四声谱》的"唯一知己"，未免近于荒谬了。
文人上爬的快捷方式，是写"歌德派"的文章，这是古今一理的。
王氏应比我更能了解。

二

　　王氏说刘彦和"想通过他（刘彦和）的批判，而提醒一般文

人，不要忘记这一大堆来自民间的文化遗产"，但刘彦和"仍然在追求'百字之偶'、'一句之奇'，用一种表现力最贫乏、最不大众化的文学形式……这种形式，只能为沈约之流的士族的没落的文人所欣赏，绝不能为'俗人'与'童少'所接受"。而责刘彦和虽然提到"童少"或"俗人"，但他不是面向这些童少、俗人写的，"这不是一个大矛盾吗？这仅只就《文心》的文学形式来讲而已"。简单说，王氏认为刘彦和虽然提到了民间文学，但他的著作，是用当时士大夫通行的文学所写的，不能为民间的俗人和童少所了解。

这里应首先指出的是，《文心》是以文学在历史中的发展演变来作批评基点的。这即是他所说的"振叶以寻根，观澜而索源"（《序志》）。凡某类作品，若是起源于远古，起源于民间而为他所知道的，他一定叙述到。最显明的例子莫如《明诗》、《乐府》两篇。他的用意不是如王氏所说的"提醒一般文人，不要忘记这一大堆来自民间的文化遗产"。

其次应指出的是，《文心》是概括了当时他可以把握的一切作品种类来作为批评范围的。他把"对问"、"七发"、"连珠"这种难于分类的作品，列为《杂文》第十四；他的"辞浅会俗"以供"悦笑"的，即今日所谓"说笑话"的，及"遁词以隐意，谲譬以指事"的，即今日所谓"打字谜"、"猜语谜"的，收为《谐隐》第十五。这类通俗性的东西，多是来自民间或文人一时滑稽之作。但他是为了极文章的流变，尽文章的功用而网罗写出的，用意也不是王氏所说的"提醒一般文人，不要忘记这一大堆来自民间的文化遗产"。

第三，王氏说刘彦和"常常提到俗人"，并在"附注八"中加以举例，而将"俗人"和"民间"等同起来，这完全是种误解。刘彦和称"民间"是"匹夫庶妇"（《乐府》）这类传统的称呼。《文心》中所称的"俗"，乃指当时文体的文人或作品而言。如王氏在"附注八"所举《乐府》篇的"俗听飞驰"，乃指当时的文人，喜欢听"淫辞在曲"而言。"俗称乖调"，是指当时的文人，以曹植、陆机的作品与丝管不相配合而言。《史传》篇的"然俗皆爱奇"，是指当时作史者"莫顾实理"而言；《知音》篇的"俗鉴之迷"，是指当时文人无文学批评的能力，以致"深废（文境深者被废弃）浅售（文境浅者反得到推许）"而言；无一是指王氏所说的"民间"。《定势》篇的"情交而雅俗异势"的"雅"是指合于古典的文体，"俗"是指当时流行的文体。"若雅、郑而共篇，则总一之势离"，等于说若把文言和白话，共写在一篇文章里面，便把文体的统一性破坏了。刘彦和并非完全反对当时的文体，所以在《通变》篇说："斟酌（采择）乎质（古）文（今）之间，而檃栝（衡量）乎雅（古典的）俗（当时的）之际，又与言通变矣。"我不知道王氏何以对这种浅显的辞句都不了解。他更不了解文艺由民间升进到文人作家手上，乃是历史中发展的自然趋向，古今中外都是如此。

　　至于王氏说刘彦和不应当用"表现力最贫乏"的当时文体来写《文心》，"绝不能为'俗人'（王氏以此来指人民大众）与'童少'所接受"，这是不知甘苦的似是而非之论。一则刘彦和已要求作文体的改变，此一改变，只能以散文（古文）代替骈文。在彦和以后，必不断出现这种要求；但一直要到韩愈、柳宗元出来，散文才达到成熟之域，所以《弘明集》中所收录的辩难说理的文章，都是六朝的文体，怎能以此责备刘彦和？可能王氏是要求写

　　　　　　　　　　　　　　　　　　　　　　　论文学

白话文，不仅"国民文学"，西方要到十八世纪才出现；即使刘彦和早用白话文写，但他写的不是传奇小说而是文学理论，这类性质的著作，一直到现在，也只希望"文人"能欣赏；难说王氏的著作，能被"民间"、能被"童少"接受吗？二则刘彦和虽然没有做到文体的大改变，但他在《文心》中所表现的结构的完整，条理的清楚，说理的明晰，譬喻的深切恰当，这实已突破了骈文的限制，只有唐代陆宣公的奏议，才可与他伦比。但陆宣公所谈的是时事，是政治，所以易懂；而彦和所谈的是文学理论，便不容易懂。以黄季刚（侃）先生的高才博学，他的《文心雕龙札记》，从《原道》篇便错起。以郭绍虞用力之勤、参摭之富、著作之宏，但涉及理论问题时，便少有是处；这不是仅可用"文字障"能加以解释的。

三

王氏在前面批评了刘彦和的"文学形式"以后，他再"进一步"批评"他（彦和）的理论观点"。除了批评刘彦和不应当把民间文艺一脚踢开，我已在前面顺便解答了以外，他又以《时序》篇"硬说'歌谣文（形式）理（内容），与世推移。风动于上，而波震于下者也'"的话，是"生拉活扯地把因果倒置了"。按刘彦和上面的话，是对《诗经》中的"《周南》勤而不怨"、"《豳风》乐而不淫"，及《大雅》中《板》、《荡》两诗的"怨"，和《王风·黍离》诗的"哀"，都是受了好政治或坏政治的影响所作出来的而言。"风"是指政治影响，"波"是指人民或士大夫受政治影响所引起的感情及由感情所作之诗。政治好坏的影响发生（动）

于统治者（上），被统治者在生活上受此影响而感情的反应不同，因而作品的内容亦因之而异，这是"自古已然，于今为烈"的铁的事实，我不知道王氏何以认为彦和为"生拉活扯地把因果倒置了"。

王氏又说刘彦和"不仅是有意地跟着当时他所反对的（按彦和是要加以修正而不曾反对）文学形式走，而且他还在替这种文学形式寻理论根据"，于是他引《丽辞（上下文字相对称、相对仗之辞）》篇"造化赋形，支体必双"的一段话为例，而说彦和"在那里上天下地引经据典地说了一片大道理，无非是说明这种形式的本质精神，要成双捉对，要琢句雕章而已"。按《文心雕龙》下篇由《体性》到《附会》，是说明构成文体的各重要因素，而结之以《总术》篇。《丽辞》篇是说明这种骈偶对称的句型，在当时已经盛行，成为构成文体因素之一。在这篇前面是《章句》篇，论到了"搜句"、"裁章"的"文、笔之同致（共同的法则）"；而"笔（散文）句无常"，其字句的变化应当"应机"加以"权（权衡）节（节制）"。他何尝以丽辞为唯一的句型？对称均衡之美，在艺术中本居于重要地位。自古希腊以降，因为他们是一义数音的复语系，每字的音节长短不同，不易在文字上求得这种对称均衡之美，于是他们表现在绘画中人物位置对称之上，而称这种对称为"黄金律"。德国 Herman Weyl 教授（1885—1955）于一九五二年刊出 Symmetry（《对称》）一书（我看的是日人远山启译本），把对称之美，推扩到美术、建筑、图案、生物学、化学、物理学、数学等方面，而认为这是"美与生命的规律"。他的书即以这句话作副标题。中国因系一字一义的单语系，以文字构成对称之美比较容易，于是骈丽之词，成为中国文学形式中特性之一。则刘彦和在《丽辞》篇的说明，有什么不对？何况他提出了"若气无奇类，文乏异采，碌碌丽辞，则昏睡耳目"的批评，更提出"必使（说）理圆（叙）事密，联璧其章（每章一气贯通，如璧之相联）；迭用奇偶（不对称之句，与对称之句，交互使用），节以杂佩（以名称句型来加以节制，而不全用对称的丽辞），乃其贵耳"的要求。难说彦和对此一问题照顾得不够周密吗？

　　王氏承认刘彦和肯定文学"要因时代不同而变的"；但他引了《通变》篇"自兹厥后，循环相因；虽轩翥（高飞，形容文章的特出）出辙（跳出旧的轨迹），而终入笼内（但终于落在原有的牢笼之内）"的几句话，说彦和"是一个历史循环论者"，"陶醉在这种永恒观念之中"；因而彦和是"貌为进步而实则落后的变的文律说"。王氏便引《通变》篇下面的一段作证明：

　　　　夫设文之体有常，变文之数无方，何以明其然耶？凡诗、赋、书、记，名理相因，此有常之体也。文辞气力，通变则久，此无方之数也。名理有常，体必资于故实；通变无方，数必酌于新声；故能骋无穷之路，饮不竭之泉。

　　王氏认为彦和所说"有常之体"，是"指文学作品的体裁"；而"无方之数"，是指"文学作品运用的语言、辞句、篇章等；这都是属于文学的形式"；由此断定"《文心》之言变，只是形式的变"，"而且是不彻底的形式主义；原因是他根本不了解文学形式和内容的关系"；"《文心》言变，而不赞同诗、赋、书、记等类形式可变，这正充分说明齐梁时代，整个统治阶级的文艺思潮，是卷入形式主义的逆流里去了。而他所言可变的部分……是要想从形式上来替当时流行的骈俪文体作辩护的"，也正从此说明了刘彦和是站在沈约之流的士族阶级的立场了。王氏更引黄侃先生《文心雕龙札记》的一段话，而认定"这个（黄先生的）解说是很正确的"。他所引黄先生的话是：

> 彦和之言通变，犹补偏救弊云尔。文有可变者，有不可变革者。可变者，遣辞捶字，宅句安章，随手之变，人各不同。不可变革者，规矩法律是也。虽历千载，而粲然如新。

我读王氏上面的文章，真有些为他难过。

第一，文学的艺术性，必然会表现在形式之上。《文心雕龙》一书，是以"文体"为中心而展开的。文体之"体"，是由人的形体之"体"转过来的。人体是人的形式，文体是文的形式。但刘彦和最了不起的地方，是把人体看作人的生命的统一，把文体看作是内容与形式的统一。人的生命不可分割，文章的内容与形式也不能分离。文章主要的内容，由两方面构成，一是作者的情性，另一是题材所应包含的"事"与"义"。把文章的形式与作者的情性认为不可分，这比法国的彪封首先提出此一问题时，要早一千五百年左右。彦和在《附会》篇说："夫才童学文，宜正体制（应当端正文体）。必以情志为神明，事义为骨髓，辞采为肌肤，宫商为声气。然后品藻（选择）玄黄（文章之色泽），摛振（发抒）金玉（文章之声律），献可替否（选用适合的，淘汰不适合的），以裁（裁断）厥中（文采与内容相应，谓之中），斯缀思之恒数也。"这即是以文体比人体来说明内容（情志、事义）与形式艺术（辞采、宫商）为一体而不可分。彦和的这一观点贯通于《文心》

全书之中，以矫正当时流行文体，偏重形式而忽视内容之弊。连这样很明显的大纲维，王氏也说到完全相反的方面去了。至于王氏所引黄先生的几句话，乃是刘彦和《通变》篇的复述，特复述得不太精确，怎么王氏否定了《通变》篇，却肯定了《通变》篇的复述？此真所谓知二五而不知一十。黄先生《通变篇札记》的错误，在于他认为"通变为复古，更无疑义矣"；彦和是要"望今制奇（展望时代的要求而创新制奇），参古定法（参考古典以定文章的规矩法律）"，决没有复古的意思。黄先生是假借《通变》篇来骂当时的白话文运动的。但他说"彦和生当齐世，故欲矫当时习尚，反之于古"；只要把"古"字改成"雅"字，这几句话便说对了。由此可见王氏不但没有看懂《文心雕龙》，也没有看懂黄先生的《札记》（一九二三、二四年时，我和几位同学，曾私下请黄先生教《文心雕龙》及《广韵》，油印了《札记》的一部分，只记得他当时极力赞叹《文心雕龙》的文章写得太好）。

第二，王先生引《通变》篇"自兹厥后，循环相因"的四句话（见前）而说彦和"是一个循环论者"，"陶醉在这种永恒观念之中"，这表明王氏完全不通文理。彦和在《通变》篇主张"文律运周（文章规律要能运行圆满），日新其业（则需要作不断的革新）；变则堪久，通则不乏"（《通变》篇赞），而句型及构成句型声貌的变革，是文体变革中重要的一部分，也是很困难的一部分。王氏所引的这一段，正说明这一点，并提出变革的方法。这一段开始两句是"夫夸张声貌，则汉初已极（按指汉赋而言）"。王氏把这两句略去，便不知道彦和讲的是什么。王氏所引的四句，是说汉初以后的作者，互相（循环）继承汉初的夸张声貌，但终不能跳出汉初作者的范围（"终入笼内"）。接着他便引了枚乘、司马相如、马融、扬雄、张衡等相类似的句型，得出"五家如一"的结论。于是他提出"参伍因革"的"通变之数（方法）也"。"参伍"是以各种句型互相参杂融和（"伍"），而于其中有所因，有所革；有如今日以西文句型杂入中文句型中，加以融和而造出新的句型一样。这与王氏所说的"陶醉于永恒观念之中"，真是风马牛不相及了。在《文心》中所表现的刘彦和的文学史观，乃是演进的文学史观，全书随处可见，《通变》篇由"黄歌《断竹》"到"宋初讹而新"，即是眼前的例证，我不知王氏从什么地方看出刘彦和"是一个历史循环论者"。

第三，王氏说刘彦和"根本不了解文学形式和内容的关系"，这在前面已解答清楚了。这里只谈王氏对文义了解的问题。王氏说彦和所说的"有常之体"，"是指文学作品的体裁"，这真是笑话。我在《〈文心雕龙〉的文体论》中曾指出刘彦和之所谓文体，实包含三个次元。最低的次元，是由语言文字的多少长短奇偶所排列而成的"体裁"之体，最显明的例子是诗的四言体、五言体、七言体、古体、今体，及大赋、小赋、骈文、散文等。其次是"体要"之体，是指各种作品的基本要求，主要是属于内容方面的。最后是"体貌"之体，是文章所表现出的艺术的形象，如《体性》篇所提出的"数穷八体"之体。仅是体裁不能成为文学，体裁必须上升而具有体要。体裁加上体要，不能成为好的文学，必需上升而具有体貌。这是由全书所归纳出的结论。彦和在《通变》篇说："凡诗、赋、书、记，名理相因，此有常之体也。"先要了解彦和所说的"名理相因"的意义。"名"是指各类作品之名，如诗、赋、书、记等是。"理"是指作品内容的基本要求。"名理相因"，是说，因是某种名，便要求要有与其名相适合的理，亦即是某类作品的基本要求（我并不赞成他这种方法）。如"诗者持也，持人情性"（《明诗》），这是诗的名理相因。"赋者铺也。铺采摛文，体物写志也"（《诠赋》），这是赋的名理相因。"故书者舒也。舒布其言，陈之简牍，取象于夬，贵在明决而已。""记之言志，进己志也"（《书记》），这是书、记的名理相因。由《明诗》到《书记》，凡二十篇（即文章之二十类），莫不如此，这即是《序志》所说的"释名以彰义"。所以"名理相因，此有常之体也"，这是指的体要的体；他这话的意思是说某类文章由其名理相因而来的体要之体，是有常的，是不变的。所以《札记》把"有常之体"复述为"规矩法律"（这是赞的所谓"文律"，彦和认为是可以变的）是错误的；而王氏连黄先生的话也没有懂清楚。

四

王氏引《总术》篇"今之常言，有文有笔。以为无韵者笔也，有韵者文也"，他也承认刘彦和是把文、笔之分，搞得一清二楚；但他说彦和文、笔之分，是为了"以便教人'务先大体，鉴必穷源'"，把全不相干的话拉在一起，这便不知扯到什么地方去了。他再接着说当时文、笔之分，是为了"想提高有韵的文，而压抑无韵的笔"。再一转说"刘彦和说的'务先大体'，也无非教人重文轻笔罢了"，《文心》中"先文后笔的编排，可以更清楚地看到刘彦和是重文轻笔的"。

首先要说明的是，《文心雕龙》由《神思》篇以下，主要系说明构成文体的各主要因素。这些重要因素必须由融和得到统一，始能构成一篇完整的文章而具有文体。他写《总术》篇的目的，是告诉人以融和统一的重要性及其方法。他是由文学的发展以把握文学的理论、批评的，所以他所涉及的范围，是概括了"十代"（《时序》篇"蔚映十代"），而不仅是"近代"。因此，他虽然了解当时文、笔之分，有时也方便用到文、笔之分，但这种分法，与"近代"以前所使用的"文"的名词观念不合，容易引起混乱。他认为"文"可包括有韵、无韵两种作品，所以他的书名只称"文心"，而不称"文心笔心"；书中绝对多数也只称"文"或"文章"，而只偶然地将"文"与"笔"并列使用（如《序志》、《总术》赞等，大约三次或四次）。所以《总术》篇一开始便对这一点加以说明。他说："今之常言，有文有笔。以为无韵者笔也，有韵者文也。夫文之足言（引《左传·襄公二十五年》'仲尼曰，志有之，言以足志，文以足言'），理兼诗书（此'文'字在道理上应当包括了有韵之诗，与无韵之书）；别目两名（把有韵、无韵分别为文与笔两名），自近代耳。"他这里说得清清楚楚，在什么地方有特重韵文的意思？王氏引书常常断句取义，抹煞有关连的上下文，是非常奇怪的。

其次，王氏引《总术》篇赞"务先大体"一语，以作彦和压抑无韵的证据，这证明他不仅抹煞了此句上面将文、笔并列的"文场笔苑，有术有门"的两句，而且完全不了解"务先大体"一语的意义。《总术》篇说得很清楚，构成文体的各因素，若孤立地看，不能断定它在文章中是发生好或坏的作用；要断定它在文章中的作用，须在文章的整体中加以衡量。所以刘彦和便提"圆鉴区域，大判条例"的要求。此处的"区域"，是指各类文章的整体，"条例"是指各类文章结构的纲维、条理。上句是说要圆满地把握到各类文章的整体，下句是说在把握文章整体中特应从大处着眼以

　　　　　　　　　　　　　　　　　　　　　论文学

判明结构的纲维、条理；再由此而考察各因素在每篇文章中运用得好或坏，以得到教训、启发。这当然是概括有韵与无韵来说的。赞中的"务先大体"，乃上述二语的简述，怎能扯到重文轻笔上面去？至于王氏说《文心》"先文后笔的安排"，也是彦和"重文轻笔之证"，王氏忘记了彦和是要以经为宗，而在《原道》、《征圣》两篇后写出《宗经》篇。

第三，他实际是以五经为文章之首。五经中只《诗》是有韵之文，其余都是无韵之笔；同时彦和把"史传"、"诸子"都纳入在文章范围之内，《文心》中无韵之笔的分量，比有韵之文的分量重得太多了。即在唐宋古文（无韵的散文，即所谓笔）盛行的时代，韩、柳、欧、苏等古文家的文集，也都是把有韵的诗赋编排在前面，能说他们及其弟子们，也是压抑无韵之笔吗？

五

王氏不懂佛经，他偏要附会佛经。他引《练字》"联边者，半字同文也"这句话，而认定是出于梵书的"有半字，有满字"；"这不过是刘彦和在字面上玩花样，阑入悉昙境界而已"。其实，因为我们六书中，以形声字最多，形声字都是"半字同文"，即今俗之所谓"共一个偏旁"；这在范《注》引黄先生之说中，已解释得很清楚。与梵文中的"半字恶义，以譬烦恼"，怎能拉上关系？"悉昙"只是梵文字母（字母数，说法不一），有何"境界"可言？彦和有什么方法能把中国的偏旁字，阑入"悉昙境界"？并且《练字》篇说得清清楚楚，彦和反对当时以相同的几个偏旁字构成一句的玩弄无意义的小技巧，所以说"一避诡异，二省（减省）联边"；王氏怎能不顾这样明显的语句，而把彦和的立场说到正相反的一面去！

王氏又说："彦和既然事佛，《文心》又复有赞……这一点可能是《文心》受了内典的启示。可是，这只能算是文学的形式的形式……《文心》的每篇文章连后面的赞语……基本上是求骈俪声律之美的；这与当时流行的佛典的尽量运用民间语汇，力求通俗易解的情形完全两样……佛教在中国之所以能拥有广大的信徒，原因固然很多，而其经典文字之能深入浅出，则为其重要之一环节。《文心》的赞语，只是运用了佛偈的体裁来'总历本意'，它并不能像佛偈一样为'俗人'、'童少'所接受，这也正是《文心》之所以为沈约所重的原因。"彦和信佛，他的赞是受了佛典的影响；然则成书约在他前五十年左右的《后汉书》后面四字有韵的赞，也是受佛典的影响吗？偈有五种，字句各不相同，但极少四字一句的。而偈的长短亦各不相同，其位置有的在一经之首，有的散见于经中各部分，有的在一经之尾。刘彦和的赞，则都是四字一句，这是因为彦和仍然认为四言是诗的正体（《明诗》"四言正体"），他守住此一正体而每赞又都是八句，且一律在一篇之尾，怎能说他是受佛典的影响呢？佛典尽量运用了民间语汇，这是我第一次听到的；那末，这样多的佛典，保存南北朝以及隋唐的民间语汇太多了，这一宝藏何以直到现在还没有人提到，而只能从敦煌发现的变文着手。能译经乃至帮助译经的，都是王氏所痛恨的"没落士族"。假定佛经是"通俗易解"，为什么有这样多的章疏，我看得很吃力？相信王氏的阅读能力，不会比我高明。王氏又一再说《文心》受了内典的启示，"可是只能算是文学的形式的形式，还不能算是文学的形式的本质。决定文学形式的本质，应当是语言文字词句篇章等等"。这只能算是胡说乱道。

《文心》有《物色》篇，"物色"一词，由"女色"一词转用而来，指的是风物之美，与隋唐之际开始使用的"风景"一词相同。因当时文人，"窥情风景（此风景犹言'风日'）之上，钻貌草木之中"，出现许多以写景为主的作品，所以彦和特立此一章，以表明此一新趋向的意义及应采用的方法。乃范文澜说"物色犹言声色，即《声律》篇以下之总名，与《附会》篇相对而统于《总术》篇"，所以认为"应移在《附会》篇之下"。这说明了范不仅对《物色》篇完全不了解，对《附会》篇也完全不了解。王氏却认为"范氏献疑是"，真可谓"夫人不言，言必有错"了。然则王氏何以会写出这样的文章？我推测，可能夹杂有两种原因。第一种原因，王氏是走乾嘉学派治学方法。乾嘉学派的老路，只能饾饤地了解文字的表面，不能由贯通以进入文字所含的思想，所以一直到胡适学派，均不能涉及思想问题，一涉及，便肤浅混乱，不知所云。而我十年以来，了解治文学思想较治哲学思想更为困难。所以研究《文心雕龙》的人虽多，但能把握它的内容的至今尚少概见。第二个原因，王氏在一九七七年写此《序录》时，文革的创伤未复，文革的遗毒太深，王氏无法发挥他的思考能力。所以我批评了他，同时也很同情他。

一九八一年十二月、一九八二年一月

《明报月刊》第十六卷第十二期、第十七卷第一期

文艺创作自由的联想
——翟志成《中共文艺政策研究》序

证明生命力在挣扎中存续

翟君志成，把他研究有关中共文艺政策的四篇文章汇印成书，要我写几句话，我借此写出有关此问题的若干联想。

真正的文艺创作，或者说，真正的文艺主流，必然是出于作者由某些事物冲激所引起的内心感动或感愤。作者的感动感愤，决不会是独有的、孤立的，而是把许多人所共有、却无法表达出，作者以特出表现能力，把它表达出来，以引起读者"不啻若自其己出"的感受。或者把许多人不曾认识到的某些事物隐藏的本质，作者以其特出的感悟能力，把它发掘，彰著出来，以引起读者如醉方醒、如梦方觉的感受。作者不同于一般人的是他的感悟力及表现力，作者同于一般人的是由良心深处所发出的感情。我们可由此以把握文艺的真正意义。引起感动感愤的对象，粗略地说，不出政治、社会、人生三大端。但在民主政治之下，题材的重点多环绕着社会、人生；在封建专制政治之下，题材的重点必然是政治。封建专制可怕的原因之一，正因为它必然干预到社会人生的每一环节，而使其无所逃于天地之间，哪怕是逃避到山林田野间去当隐士。所以封建专制的社会、人生问题，深入进去，必然会遇着政治的阴影。许多住在美国的年轻学人，常不知不觉地以近代民主政治下的文艺创作情形来衡量中国文艺创作实况，常常在创作的指向上，不免发生某些隔膜，这是离开了实际生活来看文艺创作。

文艺有时受到社会抑制或反映社会要求所作的政治抑制，例如诲淫诲盗这类作品。抑制的标准，随时间空间的不同而各异；对抑制的本身也常发生许多争论。但这类抑制，不关系于文艺创作的自由不自由。创作的自由不自由，主要是发生在封建专制下，以感动感愤为写作动机的作品之上。所以这种作品，乃是黑暗中的惊呼，闭闷里的哽咽，屠戮前的惨叫。惊呼、哽咽、惨叫，是表现生命力的挣扎。它本身或者是绝望的，但只要绝望的声音可以发出，使人们知道哪些是黑暗、闭闷、屠戮，则在"性善"的大前提之下，在"人是理性动物"的大前提之下，绝望中也未尝不能浮出希望，最低限度，可以证明生命力在挣扎中的存续。因此，文艺自由不自由的问题，必然是封建专制政治中所出现的问题，必然是人类在封建专制政治下能不能继续挣扎，以解脱人类生存所受到的最原始性的威胁迫害的问题。

周公对后世提出的三大启发性指示

人类中几个古老的民族，只有中华民族还能延续到现在。这不算是一种光荣，但也决不是许多人心目中的耻辱或包袱。我们的责任，是要对这一特殊历史事实作适当的解答。就我个人的了解，周公、孔子在我们历史中的出现，是解答此一问题的关键。下面只简单提到周公。

在二千九百多年前，周公站在统治者的立场上，对后世提出了三大启发性的指示。第一，他指示了人类的吉凶祸福，乃决定于人类自身行为，能否与多数人的利害相适应。第二，他指示了政治的利害得失，统治者的存亡废兴，是应决定于人民，而且人民必定有这种决定的力量。"民之所欲，天必从之"，这是使三界震动的狮子吼。第三，他未能在黄河两岸的广大农业基础上建立起民主政制，但他不仅在观念上开启了走向民主政制的可能性，同时，他强烈地肯定了在封建统治之下，人民有批评统治者的自由，统治者有接受人民批评的义务责任；并且进一步鼓励了文艺的自由创作，以文艺自由创作的成果，作为教育统治者的重要材料。这里只对第三点多说几句。

《书经》中有一篇名"无逸"，是周公教诫成王的。主要的意思是要"君子"（统治者）不可安于逸乐，而应"先知稼穑之艰难"，"知小人（人民）之依（隐痛）"，学"文王卑服（做卑下之事），即（就）康功（工人之事）田功（农人之事）"。最后的一段说："呜呼，自殷王中宗、高宗及祖甲（殷的三个贤王）及我周文王，兹四人迪（开导了）哲（后人的智慧）。厥或告之曰，'小人（人民）怨汝（指王）詈汝'，则皇（急）自敬德（便急于敬慎自己的行为）。厥愆（人民所指出的过失），曰（王自己承认说），'朕之愆（是我的过失），允若时（的确像人民所怨所骂的一样）'。不啻不敢含怒（不仅对怨骂的人民有怒意），此厥不听（无知的统治者，不听信应接受人民批评的智慧），人（统治中的坏人）乃或诪张为幻（乃乘机变乱是非），曰，'小人怨汝詈汝'（有如大陆的姚文元二世之流，说白桦们损坏了党的形象等），则信之，则若时（统治者立即相信这种坏人的话），不永念厥辟（不好好地想想自己所应守的行为法则），不宽绰厥心（不宽广自己的识量），乱罚无罪，杀无辜（有如大陆斗争讲真话的人），怨（人民的怨恨）有（又）同是（随着这种罚杀行为）丛（更多的聚积）于厥身（统治者之身）。"拿周公在约两千九百多年前所讲的话，和中国今天的统治者对照一下，我不知道他们能否因此引起一点感想。

《书经》中记载了周公对成王及其他统治者的九篇教诫之词。周公更自己作诗，以咏叹农民及战士的劳苦，并且舒其感愤之情。这即是《诗经》里的《豳风》中所收录的篇什。他又定下制度，把各国的歌谣，收集整理，与音乐合在一起，作教育其他统治者之用。周公以后，周室统治集团中，不断出现了出色的卿大夫，以创作诗歌来批评教导当时的统治者，及代替人民作呼号；尤其是当厉王幽王，政治大坏的时候，更出现了大量较大陆"伤痕文学"更为严峻的批评性的诗歌；这两个无道的王并没有把这些诗人整掉，并且由太史把诗歌编集起来作政治教材之用，这即是今日《诗经》中的《大雅》、《小雅》的许多篇什。总结地说一句，由周公所奠基的周室政权，承认了人民对统治者作批评的正当权利，并给予文艺以创作的自由。这种情形，虽然因秦时大一统的专制政治的出现而受到很大的压制，尤其是自唐以后勒在诗文创作上的绳索，一天紧一天；宋已不断出现诗狱，明高启因"小犬隔花空吠影，夜深宫禁有谁来"之句，而得杀身之祸；到清代，则每一次文字狱牵连之广、残杀之酷，又非过去朝代所能比拟。但在清代以前，对朝廷提出直言极谏之士，依然是史不绝书；而杀戮谏臣、言官，几乎无不视为炯戒。对文艺及言论的尺度渐宽，乃出现于鸦片战役后变乱相循，八旗子弟完全腐化之后。但这依然应视为两千多年来由惊呼、哽咽、惨叫所表现的民族生命挣扎的统绪的传承。此一统绪的断灭，即反映出民族生命也将归于断灭。

为整个民族的命运悲

毛泽东统治特点之一，是要把言论、文艺的自由，完全扼死，把两千多年生命挣扎的统绪，一刀割断，要把被整死的人，连哼一声的权利也没有。翟君的四篇文章，都是在文革末期写的，对这种情形，没有作全面的反映，因为这只有在四人帮被捕以后，新的压制尚未上纲以前，才有其可能。但他由亲身的经历及资料的搜集，把压制与挣扎之间的环节，层层剖析出来，这依然是对历史的一种交代。

翟君在初进大学的时代，即成为红卫兵中的活跃分子，串联过许多地方，经历过许多惊心动魄的场面。一旦悔悟来港，一面做工，一面求学，而天资之高、毅力之强、前进之悍，我在青年中实少见到。于是他的红卫兵的经历，成为他开辟生命、解剖文化问题的莫大启发。所以他在彻底反中国文化中成长，却能接上唐君毅、牟宗三两先生所讲授的中国文化；他到美国以焊工维持生活，而于三年间能正式通过柏克莱加州大学的哲学博士学位口试；他以一个土包子出身，但他所修的俄国文化史及欧洲文化史的课，使授课的教授也不能不为之惊异；这正是我上述观点的证明。这里印出的四篇文章，乃是他追求学问历程中的起点，不能以此来推测他今日学之所至及将来学之所成。然即此也可看出他用力之勤、思考之锐、剖析之精了。但面对这类问题，不应为个人的成就所喜，而应为整个民族的命运悲。翟君要我序他的书，实禁不住引起我无限的慨叹。

一九八二年二月八日《华侨日报》

诗文汇编

悼姊夫姚汉清先生

其一

北风怒吼雨连宵，楚水吴山故国遥。

噩耗忽传三百里，寒猿声咽泣江潮。

其二

性情深处即英雄，几度相随在梦中。

只是为兄勤瞑目，孤儿更有老双翁。

其三

掀破极天和帝主，决开肝胆与心谋。

如何寻取还魂约，了邦生平骨肉交。

一九二一年武昌第一师范

原编者注：上列三首为一九八九年十一月徐先生堂弟徐振威
返乡探亲，与徐先生之弟徐孚观追叙往事时所记述，可能为徐先
生最早期的诗作。

读儆寰（雷震）狱中诗感赋

故人片纸出幽都，想见清流浑浊流。

共喜余生投幸国，剧怜残梦绕沧洲。

待张门第惟容忍，欲占风光且自由。

好向源头探一步，丈夫立地各千秋。

一九六三年四月八日《时与潮》周刊第一六七期

送郭生宣俊赴美

郭生宣俊、乐生炳南，原系东海大学第一届史学系高材生。萧生欣义、朱生融，则系第一届外文系高材生。旋因余受托负中文系务，四生遂皆转系相从。当时中文系学生人数虽少，然师生间亲敬奋发，同为校内外所称许。尔后诸生固风流云散，而余在此间，亦凄凉苟活，几无法自存。前岁武军儿赴美，虽有别离之念，然终亦坦然处之。今日郭生来告别赴美，余固知其行装艰困，亦无以相助，辄流涕失声者竟日。情郁于中，无以自解，亦不知其所以然也。赋此以勉其行。

六三年七月廿六日

老泪横抛看远征，七年岁月总堪惊。

早知鶗鴃摧春尽，谁负江河载地行。

万派分流争一滴，浮生何托待收京。

艰难我亦寻常事，夜黑灯昏更启明。

一九六三年九月十六日《民主评论》第十四卷第十八期

庐山温泉夜坐

地回泉温早得春，樱红梅白笑迎人。

尘襟赣后溪山静，心迹年来共尔深。

一九六五年一月二十八日游庐山

卓宣先生七旬大庆

我与任先生，思想间①不同。乃敬其为人，有古烈士风。

其行苦以卓，其声坚以宏。其神癯以清，其志贞以忠。

著书过一尺，历劫已万重。云何不倒坏，秉性柏与松。

此真大寿相，七十难称翁。有豕肥而蠢，有狗稚而疯。

舐舌并蹼爪，欲乘瞆与聋。吾党三五子，屹立秽流中。

相与视而笑，民族光熊熊。妖狐弄魔影，奈此日正中。

日正中，光熊熊，以此为君寿，将与民族之生命延展于无穷。

一九六五年四月二十五日《政治评论》第十四卷第四期

祝《新天》出版千号

新书今喜祝千期，把笔沉吟重所思。

闻道桑田曾变海，应如千日酒醒时。

一九六七年四月十五日《新闻天地》第一○○○期

---

① 去声。

九月十四日应漱菡约因挈眷登八卦山，时金门炮战正急

台风过后黑云飞，八卦山头湿气围。

海色微茫迷岸树，角声凄咽动斜晖。

文章只合推巾帼，忧乐何当上布衣。

且向遥天穷眺望，不知何处可言归。

一九六八年《东海文学》第十三期

旧历十一月十六日五鼓上大度山顶回望中央山脉

团团科月照山行，待曙疏林气自清。

小市灯光浮霭上，千峰岚色背空明。

寒辉淡影看星没，浅绛深蓝待日生。

万有沉沉残梦稳，满天寥廓共谁评。

一九六八年《东海文学》第十三期

丁未初冬，与焕珪、少奇、顶顺、君石、培英、惠郎、运登、今生诸君子聚东山吴家花园小饮却赋

园林犹见旧规模，王谢风流感逝波。

赖得文君堪卖酒，不教门卷可张罗。[①]

清谈谢傅有东山，裙屐声中杂管弦。

此日天涯那可拟，放怀聊借酒杯宽。

---

① 文君，女诗人吴燕生也。花园为其旧业。

青梅竹马两无猜，评画论诗各费才。

禅榻鬓丝俱老大，却羞重说我曾来。[1]

此亦人间一局棋，画堂东畔草离离。

休将世事轻相比，梦里麻姑岂得知。

一九六八年《东海文学》第十三期

挽张君劢先生

卓荦真儒，一代典章空有愿。

凄凉旅榇，九关虎豹漫招魂。

一九六九年四月一日《中华杂志》第七卷第四期

和策纵先生《教栖诗》

凤落麟残德久衰，成心因演各为师。

宗风早罢钳锤手，天意应怜弱丧儿。

望远每思轩蕊鹤，背时甘作缩头龟。

陶公松菊何堪问，闭户摊书或未迟。

一九七一年三月二十四日《华侨日报·中国文学双周刊》第四期

---

① 中有与女诗人为儿时友者。

挽王道先生

善死善生真道化

苦撑苦扎是人生

一九七一年六月一日《人生》第三十四卷第五期

夏、曾两公以诗见贶，依韵奉答

齿健头青气不衰，风流儒雅亦吾师。①

暮年志业东西汉，天下文章大小儿。

横舍久成篝火市，世情早作灼文龟。

滔天巨浸吾何说，只恨当年闭户迟。

一九七一年六月十六日《华侨日报·中国文学双周刊》第十期

近颇有以余报上文字相称道者，惘然赋此，兼寄茧庐。
时茧庐已移居加国沙城

老博能文亦可哀，江淹摇落早非才。

笔端天下家何在，身后名山愿久灰。

鸷骥一槽同嚼藁，是非千劫总飞埃。

沙城异域嗟何似，酒暖茶香首共回。

一九七二年七月《明报月刊》第七卷第七期

---

① 借杜句。

偶成

少时骠野慕秋鹰，老惫于今似冻蝇。

兴亡凛凛良知在，沙影纷纷鬼蜮能。

死去但思埋故土，生来原已薄浮名。

坐向匡床愁入睡，压天风雨乱昏晨。

一九七六年九月《明报月刊》第十一卷第九期

买书

住香港时期，每月到三联书店买一书，成为生活习惯，所买未必能读，然买时感到快慰，不买如有所缺欠。

死压床头尚买书，分明浪费也区区。

莫愁死后无人读，付与乾坤饱蠹鱼。

一九八一年一月二日

感怀

作薪当日泪涟涟，此际门前宠物看。

三代生涯天壤隔，可怜家国不同源。

一九八一年五月二日

原编者注：徐先生于一九八一年五月住次子帅军处，见门前相间种植的"狗儿刺"与"扁柏"以供观赏，想起小时穷苦，家中无柴火，前后山上因大家随意砍伐，仅"狗儿刺"为人所共弃，母亲常砍取临时作薪，湿烟熏目，流泪不止。

"狗儿刺"为多年生植物，叶子形状像狗，头尾及四肢前端有刺，台湾尚未发现此种植物。

和苏文擢先生诗

域外逢春不当春，绿茵一径独行人。

歌风台畔休闲地，竞技场中老病身。

知己相褒聊慰藉，远书乍读倍精神。

湖山溪涧皆吾土，何日相邀共鲙莼。

一九八一年五月五日

贺陈荣捷先生八十寿

域表巍巍老学人，一空门户独传经。

鸠摩译舌通胡汉，伏胜遗篇照古今。

海外紫阳存一线，梦中赤县恋残春。

从来名德关兴废，长保金刚不坏身。

一九八一年七月十四日